苗堤乡逸事

宋梅花 著

北方文艺出版社

图书在版编目（CIP）数据

苗堤乡逸事 / 宋梅花著. –– 哈尔滨：北方文艺出
版社, 2019.3

ISBN 978-7-5317-4293-7

Ⅰ.①苗… Ⅱ.①宋… Ⅲ.①小小说 – 小说集 – 中国
– 当代②中国文学 – 当代文学 – 文学评论 – 文集 Ⅳ.
①I217.2

中国版本图书馆CIP数据核字(2018)第114100号

苗堤乡逸事
Miaodixiang Yishi

作　者 / 宋梅花

责任编辑 / 王　丹　金　宇　　　　　装帧设计 / 岑默设计
出版发行 / 北方文艺出版社　　　　　网　址 / www.bfwy.com
邮　编 / 150080　　　　　　　　　经　销 / 新华书店
地　址 / 哈尔滨市南岗区林兴街3号　发行电话 / （0451）85951921 85951915
印　刷 / 三河市腾飞印务有限公司　　开　本 / 660mm×960mm　1 / 16
字　数 / 197千　　　　　　　　　　印　张 / 15.75
版　次 / 2019年3月第1版　　　　　印　次 / 2019年3月第1次印刷
书　号 / ISBN 978-7-5317-4293-7　定　价 / 45.80元

在创作中成长

（代序）

宋梅花是我在郑州小小说高级研讨班教的学生。这几年她创作的水平提高得很快，有许多小说发表，并多次获奖。很快就被批准为张家界市的作家协会会员。这本书能正式出版，也是她写作水平提升的很好证明。

她初进写作班，学的是闪小说。其实，那时她所写的闪小说，不过是生活的片段而已。她对小小说的基本写法可以说是根本不懂。研讨班后来安排我教她。我劝她还是写小小说，不要因为闪小说字数少，就以为好写，其实很难。她听从了我的话，并决定以后就跟着我学习写作。

我教了她近两年。她先后在《金山》杂志和其他报刊上发表小说。

我给她制定的写作训练方案是先学会写故事。现在，关于小小说是故事还是小说的争论很多。有人认为小小说不是单纯的故事，而是有更深刻的思想和鲜明的人物的一种文学体裁。理论是不错，但这也正是经院式文学理论的弊端——理论脱离实际。一个还没有入门，连基本写法都不会的初学者，能一开始就写深刻吗？

同时，我认为小小说固然不同于故事，但没有故事，即没有生动诱人的情节，读者会看吗？要先引起读者的阅读兴趣，再让他们思考、回味。

另一方面，我也给她确定了今后写作的方向——一切从生活出发，不胡编乱造。

她曾经商，又当了多年教师，有丰富的生活经历，有许多鲜活的生活素材可写。我同时要求她写普通的百姓，这样就能引起广大读者的共鸣。但写普通人，我的要求是写奇人奇事。这样的人和事能给读者留下深刻印象，读后不忘。我希望她学习一下孙方友的题材、人物、写法。学经典的目的是尽快提高写作水平。

方向明确了，更重要的是要实践。刻苦写作才是最重要的。她在这方面是一个比较合格的学生，每周都来交作业。每次我读后提出意见，她再返回修改，有时提出具体的修改意见，有时只是提问题，让学生自己思考。我惊喜地发现，有时她的设想比我的建议还好，就这样，教学相长，一些作品就陆续创作出来了。写作是个艰苦的过程，但看到进步，就乐在其中了。

实践证明，在创作中学习，在修改中学习，是个提升自己的很好办法。每次写后，我要求她把原稿和修改稿对照一下，看看有什么不同，从中有怎样的领悟。我也要求她把我提的意见记下来，好好思考。日久天长，就一定会有所提高。

我提出，她的小说，枝杈较多——不能围绕主线而叙述一些别的事和人物。所以她每次写时都比较注意这个问题，后来写的小说明显条理清晰了许多。

就这样一路走来，她的步子比较扎实。现在再回头看看刚开始写的作品，真的不可同日而语。

宋梅花的小说，有比较浓郁的生活气息，她善于写农民。小说有乡野的芳香，有生动的民俗，而且语言流畅，说明写作基本功很好。

还是来看看她的作品。

《苗堤乡逸事》无疑是她这个时期有代表性的一篇。小说围绕着因为村里修建铁路，而发生了一系列矛盾的故事。主人公福春为了在这次修路补偿中占便宜，想尽了招数，最后触犯法律被拘判刑。这个钉子户被拔除，使修铁路的工作顺利进行。小说的最后一句"福春被判刑了。苗堤乡高铁顺利开工了！"写得酣畅淋漓，大快人心。福春是意识落后的代表。与他的战斗，体现了大众利益与个体私利的斗争。福春这个形象，代表了社会上的一群人。他的最终失败，体现改革的进程呈现出势不可挡的蓬勃伟力，揭示了改革是亿万人民的人心所向。从这个角度分析，这篇小说的内涵是非常深刻的。

《一张烟盒纸》是根据真实的案例改写而成的。小说写了我们要建设一个法治社会遇到的阻力。如果说，邪恶的势力是一方面，但还不是最重要的，更为严重的是弱势群体长期受压，形成的懦弱、畏惧、因循守旧的固有观念和惯性，这才是最可怕的。小说的可贵之处，就是揭示出了人们司空见惯的事物"背后"的东西。

《蹲在树上的鸡》是一篇奇思妙想的小说。小说情节奇特，主人公致富有奇招，可说是反常规的一个创举。这篇小说的意义在于讴歌了创新，激励人们敢走前人没有走过的路。这就远远超出了小说所设计的场景和事件，而升华到超越本体的一个更高的层次。

揭露人性的弱点，也是作者思考的一个母题。

《滕老汉的病》写得幽默活泼，完全可以改成一部轻喜剧微电影。小说写滕老汉因为亲家母抱着狗向他拜年，导致他得了一场病。把生活中微不足道的小事，人为地上升到一个自以为影响尊严的高度。小题大做、庸人自扰、无事生非。小说通过一个庸俗的小市民的可笑举动，揭示了人性的低劣。

从上述的简要分析，我们可以很明显地看出，宋梅花的小说以小见大的艺术特色。

情节曲折是她的小说今后要进一步提升的方向。她在努力做了，如《杏花缘》就是一篇情节曲折的好作品。小说一开始就设置了悬念，男主人公经过多年寻找，终于找到了情投意合的姑娘，但他面临着很艰难的抉择。一直到最后才告诉读者，这是姑娘和父亲对小伙子的一个严格的考验。在设置悬念的同时，作者做了较好的铺垫，如男孩看见未来的老丈人家中墙上的字，为侧面人物安排了极好的一笔；再如，老丈人开始时说女孩从小没有娘，结尾使她改姓（为的是纪念母亲）变得合情合理。整篇小说可说是丝丝入扣。当然，她的小说一方面是想象力还要进一步提升，还要在曲折多变上下大功夫；另一方面是必要的细节还少，这样，一是行文不够生动，二是难以给读者留下深刻的印象。

　　不停地写、不停地学、不停地思考、不停地修改是提高写作水平唯一的路。

　　我坚信宋梅花的小说在今后的日子里会有更大的进步。

　　是为序。

顾建新*

2017年10月25日

---

* 　顾建新：中国矿业大学文法学院教授，硕士生导师，中国微型小说学会理事，著名小说评论家，第七届金麻雀文艺评论奖获得者。曾任中国矿业大学中文系主任。在国内外刊物上发表评论200多篇，出版著作5本。

目录 CONTENTS

小小说

文学评论

苗堤乡逸事

苗堤乡要修高铁站了!

苗堤村的村民振奋了!

庸城虽说是个小山城,却拥有世界上独一无二的风景。

随着时间的推移,庸城很快声名鹊起,享誉国内外。旅游项目拓展的消息很快就传到了苗堤乡,喜讯啊!

"我听说,就从村口的大水塘直伸过去,一直通往王家山那边呢!"福春婶手里拿着一根细竹签,边拨着牙缝边对福春伯说着。

"大水塘?那不是正对着咱家方向吗?"正给鸡切青菜的福春伯停下手中的活计,鼓起那对小金鱼眼欣喜地问道。

是的,村口的大水塘距离福春婶的家刚好两亩田。

"嗯,要真这样,就要发财了。"福春婶小声对福春伯说,"赶紧把福春从浙江喊回来,咱俩不识几个字,别到时让那些征收的人给'宰'了。"

二十天后,福春被叫了回来——他已经结清了在浙江鞋厂的所有工钱。

征收工作组下来了。

果然从大水塘开始征收,而且,修建铁路还要从大水塘两边扩六十米。为了定时完成工期，必须在半年内征收完毕。

俗话说："万事开头难。"这征收的第一个难关，恐怕就是福春家。为什么两个老的要把福春喊回来？村里人都明白着呢。

福春是什么脾气的人？是三句话不对头就开打的人。曾为了一块菜园子，抢起院子里的那根木棒朝自家三叔头上就敲，把他三叔赶得满院子跑不说，还跳上围墙，把他三叔最心爱的水牛的屁股给扎扎实实地敲了五下。

村里人都望着福春家，福春家动了他们就动，不然，谁管半年不半年的。

村委会和工作组的人来到福春家，福春家有三亩田和一个四合院的老屋，大着呢。

村支书笑着对福春说："春啊！这征收的第一枪，就从你这里打响了，你要配合好啊！"

"可以。但我的标准得比别人高点儿。"福春张口就开出高价，一句话就把那些人噎住了。

"这是有规定的，能乱来吗？"

但是，如果福春家动了，这后边的就迎刃而解了。

工作组整整研究了一个月，上报指挥部……报请区长审批……为了顺利完成征收工作，终于，在原有的征收价上高出五百元钱的标准把福春家的地和房屋给拿下来了。

福春遵守了和村委会的约定，对村里人只字不提，而且买了一辆小四轮，跑起了运输。他眼光好着呢，这一征收，除了自己家，还有很多人会重新建房，跑车拉货的生意一定会好的。

果然不出福春所料，小四轮的四个车轮一天只看到转了。

这天早上，村里老杨要福春去他家拉东西帮忙搬家。拉到第三趟的时候，老杨扔下那搬不出屋子的大床垫，说是要买新的，福春笑着打趣他："看这次征收，让你这有名的铁公鸡都变慷慨了。"

老杨轻声对福春说："那是当然。都说你福春惹不起，我比你还要硬。不达到我的要求，能让我这么爽快地搬？一平方米多给了我八百元钱呢。不能乱说出去啊，大侄子。"老杨说完便有些后悔，可已经迟了。

送完老杨那趟货，福春便红着眼跳下小四轮，冲征收指挥部跑去。

结果可想而知，福春垂头丧气地回了家。村支书的话还响在他耳边："福春啊，你怎么还闹啊，那老杨是五十几岁的老光棍，那不都是因为穷啊！这次好不容易被征收到了，每平方米加八百元钱是给他的困难补助。你也像他那样试试，一辈子没媳妇，没儿子，我这当村支书的还不得适当帮衬帮衬啊？"

想了几天几夜，福春咋都不服，他没有啥事不想占便宜的。于是，征收指挥部里天天多了一个人，他一大早就来，等工作组下班了就回，而且，连续一个多月。村委会和征收工作组的人看见他就头疼。

福春不光自己天天往指挥部跑，还对村里的人说了实话。这话就像翻滚的油锅里滴下了一滴水，立马就飞溅起来了。

村里凡被征收的人家都跑到指挥部闹腾，整个指挥部乱成一锅粥了。

工作组恼了！这不是瞎捣乱吗？这样下去，半年的征收工作完不成不说，还严重影响工程进度。于是，调武警上岗，凡已按政策做好思想工作，且征收结束的人一律不得闹事，否则后果自负。

福春才不怕呢！他那从小就练出来的胆让他无视一切。

他换了方式。每天早上，他开着那辆小四轮，往指挥部大门口一摆一挡。

这一挡就是十多天。村里人都来看热闹。村支书气得直哆嗦："你再这样，别说老叔不认你这大侄子。"福春跷着二郎腿斜坐在车上，眼睛朝天翻着。

这天赶集，人特多，突然一辆小四轮疯了似的从指挥部门口冲到集上，人们来不及躲闪，当场被撞伤九个。人们被这一幕吓呆了，只见车子又朝人流冲来，人们立即四处逃窜……

　　后来，人们得知开这车的人是福春。他被几辆警车追着，因为他喝醉酒砸了指挥部，然后跑出来开车冲向集镇……

　　福春被判刑了，苗堤乡高铁顺利开工了！

刊于《常德民生报》2016年第1009期

蹲在树上的鸡

蹲在树上的鸡，那是鸡吗？是凤凰鸟吧！

村里人都这样对老胜叔说。

也是哦，你看，这每天天要黑的时候，老胜叔家养的七八只鸡就纷纷在老胜叔门口那棵大柚子树上找一个搁脚的地方，远远望去，夹杂在树枝中，让人好笑。那鸡笼就在树下，怎么那些鸡都往树上跑呢？

这老胜叔啊，做事像湖北的麻花——反绞的。养的鸡，也是反"绞"的啊！

老胜叔家的后山上种了很多橘子树，每年秋天，老胜叔都要和老婆挑着箩筐、背着背篓、带着剪刀去山上摘橘子，还不能摘错，因为还有很多树是别家的。他们一天来来回回往家运，不知要运多少趟。没有十来天，是不能将橘子全运回家的。而且，这些橘子能换一万多元钱呢，多少也能贴补老大老二的大学学费。

可今年，老胜叔任橘子在树上结着，却没有丝毫想摘它的心思，因为今年橘子没人要，即使有收购的人来，价格每斤才两毛钱。因为电视上说有一个地方的人吃橘子时发现了蛆，所以橘子没人要了。

老胜叔心里那个火啊！吃过晚饭，他捡起石子朝着刚上树的那些鸡狠狠地砸去，可那些鸡顶多扑棱几下翅膀，也不愿从树上下来。它们不愿意从树上下来的原因是一到天黑眼睛就看不见了，只能乖乖地让老胜叔打。

村里很多人都很丧气，眼睁睁着树上的橘子掉在地上烂掉，便纷纷把后山上的橘子树砍了，准备种别的果树，不想再种这遭瘟的橘子了。老胜叔看着那些被砍掉的橘子树，看着那弯弯曲曲的山路，来来回回不知往山路上丢了多少烟头，回家对老婆说："贷款，把通往自家橘园的山路修一下。"

老婆听了，把锅铲一丢："自家橘园？那可是大伙儿都要过的道，你逞啥能？"两口子为这事闹开了。

整整两个月，老婆不洗衣不做饭。

又过了一个月，山路上每天有五个人在修路，那都是老胜叔请的，老婆拗不过他。

村民很奇怪，不知老胜叔为何要修这条山路。老胜叔说："橘子树你们不要，我还要呢，长这么多年，我舍不得砍。"更奇怪的是，简易的路修好后，老胜叔又顶着老婆骂买了一辆三轮摩托，每天开着在山上转。

开春，老胜叔找到村支书，说是要承包橘园后面山上的十多亩山田。山前的很多地都荒着，何况是后山。因为远，所以那些地一直荒着。老胜叔的这个想法在村民看来简直无异于愚公移山。

村里哗然，现在谁还种地啊，很多人都出去打工赚钱了，没去的都只在家门口种油菜或谷子什么的，能供家里一年吃就行了，谁还费那个力气？在外打工一个月，就可以买一年的粮食了。可见老胜叔还是老眼光、老思想，还真栽进"泥土变成金"的真理里去了？

村民觉得真费解，老胜叔的老婆这次无论如何也不依了，衣服一卷，去城里的家政公司打工去了。

寒冷的冬天过去了，老胜叔请了二十多个村民每天在后山开垦荒地。整整两个月，把每一块土地都打理得整整齐齐。老胜叔也忙着呢，他来来回回往城里跑了很多趟，最后把一些不知名的种子撒在已经整理好的土地上……

老胜叔每天吃过早饭就进了后山。不久，人们发现，那些地里冒出了很多绿芽。又过了些时日，人们看到山后一片翠绿。渐渐地，一些粉红、火红、粉紫一点点地夹杂在那大片的翠绿中……

村民明白了，这老胜叔，他种了花啊！

老胜叔的格桑花和薰衣草变成了花海。花香自有蜜蜂来，城里的人们纷纷来到后山，来到老胜叔的花海。他的橘园，成了这些城里人最好的观赏地。老胜叔的老婆听说后赶紧从城里回来了，那么多人去看自家的花，她哪能不去招待呢？

鸡上树也成了一道亮丽的风景，引得许多大人和孩子叹为观止。公鸡锦缎似的毛，在金色朝阳的照耀下，闪现出道道彩色的光。

村民再也不取笑老胜叔家上树的鸡了，反而对老胜叔说："再多养些鸭和鹅吧，都蹲在树上，那更好看。"

于是，村后山的荒山，一夜间都被承包完了。

据说，县里还给省里汇报脱贫致富的经验呢！

刊于《关东文学》2017年

采购员小青

丁总刚承包了云山宾馆，小青就被丁总叫去当采购员了。

谁不知道，这宾馆采购员可是吃香的工作，是商家都要巴结的主。

在云山这座小城里，大多数宾馆的采购员都是老总的直系亲属。可小青不是，她的父亲和丁总是发小儿，如此而已。

所以，从小青上班的第一天，酒店的员工就纷纷猜测，这个采购员到底和老总是什么关系？老总为什么把这么重要的经济重地交给她呢？

小青心知肚明，可她从不多言，每天天一亮就起床去市场，没一个月，她便和小菜摊主、肉和鱼摊主、杂店摊主混熟了。凡是市场上的大小老板，没有不认识她的。小青很快就有了固定的老宾主。每次只要背着包，拿着酒店厨房里开的采购单在市场上转一圈，再到市场口叫一辆三轮车，不出一刻钟，那些肉、青菜就会被那些老板送过来堆满一车。等小青到达酒店，长沙来的彭厨师长和小徒弟早就站在磅秤前等着过秤了。这是规矩，说白些就是怕缺斤短两。

过秤是彭厨师长提的建议，是丁总的姨妹定的规矩。这丁总的姨妹是酒店的餐厅经理。

小青每次都站在磅秤边认认真真地看着他们过秤。不知从哪一天开始，小青开始烦恼了，明明在市场上称好了的斤两，厨师长硬说这儿少二两，那儿少半斤，说得小青脸上红一阵白一阵的，让人看了好像真做了什么手脚。小青只好给市场上的摊主打电话，让他们补送过来，时间长了，那些摊主小心翼翼地对小青说："因为是老宾主，想做长远生意，有时还称得多，怎么会缺斤短两呢？"小青听了，也不知道怎么说才好。可每天的菜都要厨师长过秤，那是规矩啊。

厨师长的话是有威力的。

小青照着厨师长开的单买，但他还非说不是他要的那个牌子，非得换，不然菜就弄不出好味道。

本来小青就不是丁总的直系亲属，让她做采购，哪有不揩油的？底下的员工开始七嘴八舌地议论了。

丁总的小姨子也常对小青没有好脸色，小青心里很委屈。有一次宾馆召开大会，厨师长和丁总的小姨子特别提到采购这一块儿，要求各个管理人员每天两人轮流上岗，早上陪小青去买菜，并一个星期调查一次菜价。

小青心里很不是滋味，她不想做了，可要不做了，不是正中别人下怀吗？身正不怕影子斜，得硬着头皮把这事做下去，除非丁总开口不让做了，她就走。她这样想着，时间也就这样一天一天过去了。

这天，很久没有忙碌的餐厅生意很好，小青在市场和宾馆之间来回跑，快十一点了还没有吃早餐。这时，手机响了，让她去财务室一趟。

她一进门，龚会计就扶着鼻梁上的眼镜说："小青啊，都说你这菜价和酒水价格偏高啊……"

龚会计话还没说完，小青看了看旁边坐着的厨师长和餐厅经理等人，反唇相讥道："龚会计，上次大会要求管理人员去搞市场调查，你去了吗？"

"没有。"龚会计语塞了。

"既然你没有去搞市场调查，凭什么说我买的价格偏高呢？"小青说完摔门而去。

不久后的一件事，更让人觉得小青吃了回扣，那是二十多个老板结账，但来宾馆几次都找不到人。小青知道后，硬是在一天下午堵住财务经理，又打电话把那些老板一个个叫来，让他们高高兴兴地结好了几个月的货钱。用小青的话说，货是她订的，就不能拖欠别人货款，市场上的那些老板很喜欢和小青打交道，而小青除了让他们做到货真价实，承诺的话从来都会想方设法兑现。可在厨师长和餐厅经理看来，那叫"吃人嘴软，拿人手短"。

小青还是走了。餐厅经理跑到素来不过问生意的丁总老婆面前告状，说："酒店生意不好，主要是因为姐夫用人不当。"于是，丁总的老婆立即趁丁总还没回来开除了小青。于是，采购这一块终于落到厨师长的头上。

两个月过去，宾馆生意不见好转，但厨房的买单却日益增多，厨师长很内行地说："菜，每天都要保持新鲜，而且种类要齐全，哪怕每天只有两三桌，也得味道鲜美。"

龚会计却犯了迷糊："这账我做不好了，好像只出不进啊。怎么这些价格比小青那时还要高了呢？"

一天，彭厨师长回长沙老家了，大清早采购的事就交给他最得力的徒弟，这过秤的事只好由丁总的小姨子——餐厅经理做了。她从保管室推出大磅秤，正准备开秤时，只见一个小徒弟从厨房拿出几个二十斤和五十斤的铁砣放在磅秤上，把磅秤上的那几个拿下来，说："师傅说了，每次要用这几个砣，这是最标准的，师傅这些年走到哪儿，都带着这几个宝贝。"

餐厅经理拿起那几个秤砣，看了看，掂了掂，待称完那些菜，和单子上一对比，发现不是少二两就是少半斤。她突然想起什么似的，便叫小徒弟把刚换下的秤砣拿过来，又把菜重新称了一遍，发现不差一两，有些还多了二三两……

于是，丁总的小姨子又跑到她姐姐面前告了状。接下来，厨师长因为小徒弟的大意丢了饭碗，被辞退了，餐厅经理想找小青回来，可没有小青的消息。

年底，丁总回来了。他的身边多了一位酒店合伙人。小青也回来了，她就是那位合伙人的女儿。

小青还是做采购员，只是，再也没有人敢排斥她了，不知道是因为她爸爸的缘故，还是因为原来厨师长那几个秤砣的缘故。

刊于《邯郸文化》2017年第12期

刊于《飞天文艺微刊》2017年第11期

萝卜王老郭

"冬吃萝卜夏吃姜，不劳医生开药方。"萝卜是小人参，好着呢!

老郭是萝卜王，小城人都这样认为。

老郭是农民，对萝卜太熟悉了。当他有一天去了一趟吉首。回来后，萝卜就在他心里变了样儿——把萝卜切成条、切成片，放在盆里，让它变成老郭想要的一切。

老郭做到了。不出一年，老郭的萝卜摊火了。小城的人只要吃萝卜，情愿坐几次车，绕几条街，挤破脑壳去买老郭的萝卜。老郭和老婆忙得每天脑瓜里就只剩两个字——萝卜。

白天，眼皮底下只看见萝卜，只知道从盆里夹萝卜——过秤——收钱，压根没时间看一眼买萝卜的人，晚上回家还得做萝卜。所以，"萝卜王"的绰号稳稳地戴在了老郭头上。

老郭发财了。

他把萝卜摊变成萝卜店，还给他的萝卜找了很多伴，什么黄瓜条、海带条、莴苣条、魔芋块……小城的人舌头都辣红了还天天往他店里跑。所谓树大招风。老郭的小萝卜店生意这么好，有人怀疑里面放了罂粟壳，不然，味道咋这么好? 工商局的人跑来检查，结果没有罂粟壳，便乐呵呵地提着老郭送的腌萝卜回办公室品尝去了。

按理说，老郭生意好，完全可以请人手了，可他不，依然每天在店里忙，直到有一天，他的身体出了状况，到医院一查——尿毒症，半年之内要换肾，否则就不好了。

老郭终于不在店里忙了，他住进了医院。

老郭的老婆对他说："放心，安心养病，只要尽快找到合适的肾源，钱咱多得是。"

老郭没出声，脸上舒展不开："天天卖萝卜，忙得没有白天黑夜，就为了筹钱换肾？那得几十万元呢，得卖多少萝卜啊！"

老郭每天在医院里不出声、不吭气，一副垂头丧气的模样。一个月过去了，两个月过去了，老郭的脸上有一天忽然开始出现笑容。原来，他认识了一个同样需要换肾的病友，而且要找的肾源和他一样。

有一天，老郭的老婆去给他送饭，找不到人，却在住院部下面花园的长椅上找着了。怪不得老郭会笑了，那病友是个女的，而且长得很漂亮。老郭的老婆把饭往他们面前一扔，跑回家一把鼻涕一把泪地哭开了。老郭的两个儿子忙跑到医院，想给老郭做思想工作，可老郭却斩钉截铁地给他们下了死令——一个月内找到肾源，若没找到他就自行了断。俩儿子吓得赶紧从医院撤了回来，然后四处奔走……

一个月后，老郭的两个儿子和医生高兴地站在老郭面前，但老郭说出的话却又让他们差点晕倒。

老郭说："赶紧先给那个女病友换。"而且，资助女病友十五万元。这下老郭家里炸锅了，老郭的老婆天天辛辛苦苦守着萝卜店，没想到老郭会唱这出戏，当然是死活不依。

老郭生气了，打电话把老婆儿子叫到一起，黑着脸说："你们知道我为什么要帮她吗？她就是小城前几年救了一车人性命的赵可英雄的妻子。丈夫走了，留下她和一对只有两岁的双胞胎。这段时间，我了解到，如果两月内她不换肾，可能以后那对双胞胎又没爹又没妈，我不是还有几个月可以找肾源吗？可她不能等了。你们可知道，当年她丈夫救的那车人里面，就有我……"

　　六年前的一天，小城隆重纪念过一位见义勇为的英雄。一辆承载着十七位旅客的中巴车发生事故，冲进水里。这位英雄坚持数小时，终于救出了旅客，而自己因体力不支倒进了水中。老郭是被他救上来的最后一个人，老郭是看着他被水吞没的……

老街的"女人"

这条街很老了。已经不止百年了，早就说要搬迁，但十多年过去了，老街却丝毫没动，于是老街在小城里更老了。

老街除了老巷口、老银铺、老铁匠铺、老理发店、老酿酒坊外，还有一个全城知晓的行当——老"鸡婆"行当。操持这些行当的，多是四五十岁的女人，多来自老山界。

这个行当在整个小城的人心中就跟路边的狗屎一样，让人嗤之以鼻。老街老了，所以对此很多人也司空见惯了，算是给老街的每个行当都留点活路吧，毕竟，总有一天，老街会变成新街。那时候，老街的一切都将荡然无存。所以，这些巷口、出租房门口天天坐着那些打扮得古怪的女人，渐渐成了一种另类"风景"。因为这些女人，老街口的石阶上常常从早到晚蹲着一排排老男人，或用小石子和草枝什么的下着打三棋，或三三两两围着聊天，嘴里抽着十分廉价的烟，隔老远都能闻到空气中弥漫的那股浓浓的、令人皱眉的烟味。久而久之，形成了一种怪象。

老街，似乎变成了另类人的天堂。

巷口的"鸡婆"都属老人了。苗红，却是老街女人中最"水嫩"的一个，她来老街八年了，老街的女人数她最年轻。老街的女人都是家穷受不住诱惑的。以你带我、我带你的方式到老街来租个破房子讨门生。

苗红的"生意"常年都好，住的地方比其他女人要远一些。不知何时，女人们发现苗红的屋里养了一个男人，而且，两人关系特别好。苗红对这男人很心疼，出门牵着他的手，上街回来牵着他的手，从不顾那些女人的眼光。那男人很少说话，也不和人来往，脸上总是带着冷漠的神情。两人的日子就像煮火锅，过得香着呢！

老街的女人都暗暗眼红苗红，生意好，屋里人也好，这半老徐娘还真有魅力。

可苗红死了，从发现病到回老家才两个月，再也没回老街。自苗红走后，苗红那屋里人从此大门不出二门不迈。

相思病严重了？

也很少有人看见他开锅。老街的女人都不解，这人在生时让人眼红，走了还让人挂牵，虽讨的是不耻门生，但是她好像是幸福的。老街那些女人谁也没说啥，从此不提苗红的名字，每天早上起来第一件事，就是远远望一眼苗红住过的那间租房，毕竟还有一个人住在里面呢。

忽然有一天，老街的女人们觉得有些不对劲了，便推开那扇门，看到苗红那屋里的人躺在床上，奄奄一息。

女人们慌了："你何苦要这样折磨自己？"

那屋里人无力地张着嘴，好不容易才说出"好饿"两个字，女人们愣了："你想这样绝食随她去吗？"

那人嘴张了半天，说："我的眼睛早已看不见，是苗红一直照顾我……"女人们个个呆若木鸡。

苗红死了，那屋里的男人也死了。

不久，老街真的拆迁了，短短半年，老街变成了一摊烂砖。老街不复存在了，老街的那些女人，也不知去了哪里……

庸城的生意人

1996年的冬天似乎是最冷的。

而庸城的生意人，在这个冬天似乎是最忙碌的。开往天州城的两辆进货卧铺车每天都是爆满的。这是当然的，庸城的生意好，卧铺车的生意就好，这种连锁反应在当时是密不可分的。

灵凤的服装生意也好，她就像一只勤劳的蜜蜂，常年不辞辛劳来回于庸城和天州城之间。其实生意好与坏，进货是关键，每次进货她都会自己去。和灵凤一样的娘子军很多，这不，大冷天，灵凤和姐妹们又出发了。

可这次进货的路上，灵凤却遇到了一个小插曲。一上车，自己的床铺上却找不到被子。问师傅，师傅说不知道，嘴里直打哈哈，直到灵凤生气地说："难不成你想让我冻死啊？得！被子找不来，整车人都甭想走。"说着灵凤拔下驾驶台前将正在启动的车钥匙。

师傅涨红脸，一声不吭地跳下驾驶台，跑到后面车窗外边，从一个窗口扯下来一床被子，塞在灵凤手中，说："看不出来你还真有点脾气。你不是经常自己带一个小被子吗？"

"那是隔臭的。你不知道你这车上一股脚臭味啊。"灵凤边说边对后面窗口铺上望了望，看见半张圆脸和一个大又瘪的鼻子。灵凤心里想着，那些人可真够自私的，便躺下了。

一路颠簸，到达天州城短暂休息后，第二天上午又是紧张奔波。中午十二点，灵凤和其他人一样，准时回到了车上。终于可以歇息了。

庸城生意人普遍认为，睡得最好的时候，就是在进货回去的卧铺车上，其余的时间都在忙，因为生意太好了。

可有人开玩笑说："在车上睡是好睡，可一旦车子栽下坎，连'荷包皮'都没了还不知道。"话是玩笑话，但想想却是真的，很多事谁又能料得到呢！

灵凤这次乘坐的卧铺车，在回庸城的路上就停下来了。

当时是深夜两点多。车子开到了岩泊渡镇的那条山路上，那里有十几个急缓坡。每次车行到这里，灵凤的胃里都会翻江倒海。整个进货去的路，就这里最难走。有些人称这里为鬼门关。昨天一直下雪吹风，路上跟溜冰场一样，虽然有很粗的防雪滑链，可师傅还是把车停住了——他不敢拿满车的货和几十个人的生命开玩笑，便说："所有人下车。步行！"紧张而震耳欲聋的吼声惊动了整车人。

大家望着师傅异常严肃的眼光和神色，全车人快速而又轻手轻脚地下车了，生怕把车弄"疼"了。

待下得车来，大家走到车后边一看，有人说："乖乖！难怪要下车，得给车减重量啊。"

地上结了一层冰，车子正停在下坡，只要稍微一哆嗦，连车带人都会冲下去。雪花还在飘，地上滑滑的，一大群人开始像蜗牛般在公路上行走。

开车的司机是位老师傅，开了二十几年的车了，他一人心惊胆战地坐在车上。车子开动了，可猛一看，又像没动，像爬，对，比蜗牛还慢。走路的人开始拉开距离了。实在是太难走了，不时听见"扑通"跌倒的声音，轻者边爬边哈哈大笑，重者屁股摔疼了不说，半天爬不起来，还得让人搀扶着才能站起来，还有的刚站起来又摔倒了。

弯弯曲曲的公路上，一晚上多了这么多人，大家慢慢变得亲近，也慢慢地有说有笑起来，雪花反射出的光能让人看得见弯弯曲曲的路。大家的心情一下子放松了，好像轻轻松松走在马路上，对他们来说，此时倒变成了一种享受。

突然，一个人指着天上说："看。还有月亮。"

真的。一个圆盘似的月亮挂在天上，散发出柔柔的光，冬天还有月亮，真奇怪。难不成知道他们大半夜在雪地上行走，所以想用柔柔的月光给他们一丝暖意？看样子，暖意是没有的，倒添了几许情趣。庸城的生意人除了白天生意忙，晚上别人睡觉的时间他们也在忙，而且是紧张又开心且略带忙碌地行走在冬日的月光下呢！

赵峰的婚事

"我得走了！下午还有课呢，怎么办呢？小丽？"刚走出小丽家的门，赵峰便望着小丽，惆怅地问。

小丽低着头，心情也不好，刚才她妈妈的口气，软中带硬："我们家小丽，自小没吃过苦，你们谈恋爱我不反对，只是要结婚，要达到两个条件：第一，在城里买一套房子；第二，你必须调进城，否则我是不会同意的！"

小丽拉着赵峰的手说："峰！你想想办法，我妈是说得出做得到的人。"

赵坪的村小学坐落在一个小山坡上，依山傍水。赵峰走下车朝村小学走去，却丝毫感觉不到迎面吹来的柔柔的风，反而觉得不远处的村小学今天给他一种令人窒息的颓废。

怎么办？

望着校门口的牌子，他狠狠地甩了甩头。六年了，六年！整整在这里待了六年。如今，为了心爱的小丽，自己该何去何从？

两个条件一个都达不到。赵峰心里一片茫然。他突然想起，堂嫂的舅舅刚调到教育局，好像是一个什么科长，对，找他。可是，只是听说，却并不认识，看来只能先找堂嫂了。

赵峰掏出手机，拨通了堂哥的电话，说了自己的想法，堂哥说："我问问，等吧！一个星期回话。"

一个星期赵峰几乎度日如年，他觉得自己六年的工作似乎就是为了等这一个星期，而和小丽的婚事也寄托了一半的希望在这一个星期上。

赵峰每天都在盼望中度过的。终于，星期天的晚上七点，堂哥打来电话，告诉他，堂嫂的舅舅提拔人事科科长才两个月，暂且按兵不动，等半年以后一定把他调到城里的小学……

"呼……"赵峰长出了一口气，高兴地在村小学旁边的草地上翻了好几个筋斗。

工作的事情有眉目了，还有一个难题——房子。

赵峰的心里还是愁云惨雾。他的父母都是农民，姐姐家有两个孩子，负担重，哪有多余的钱来帮他呢？

中午，赵峰端着饭碗转悠着到了李校长面前："校长，你得为这些为革命教育事业奉献了六年的年轻人着想啊，我都三十二岁了，老婆孩子都没影呢！"

李校长似笑非笑地瞧着他："急啥？我在村小学干了几十年，三十六岁才结婚，现在孩子不也大了吗，就跟我那谷子一样，拔节地长。"

赵峰一脸苦笑："校长，您是满足这一亩三分地了，可我，连个鸦雀窝都没有呢！得！赶紧给我开个证明，我要找窝去，不然我那媳妇就飞了。"

两个月后，赵峰拿到六万元的贷款，付了首付，买了一套房子。

"人瘦了两圈，也算是没白忙活。"小丽见到赵峰，高兴地抱着他使劲地亲了几下。

半年以后，赵峰调进了城区解放小学。他高兴地提着礼品，正式去小丽家提亲。小丽很高兴，小丽妈也很高兴，她想："这未来的女婿还是有本事，挺能耐的，两件最难的事都让他办好了！"

小丽妈牵着赵峰的手到客厅坐下，满面笑容地说："赵峰啊！你是真心爱小丽的，我感觉得到，女儿嫁给你，我放心。只是，我只有这一个女儿，结婚也不能太寒碜，现在结婚有一句流行的话叫'必须要有一动一不动'，这'一不动'（房子）是有了，可那'一动'（车子）还没有啊。而且，哪家闺女结婚男方都买'三金'或'五金'的，我家小丽也要'五金'才体面，还有，结婚的彩礼钱吧，少说也得准备八万元，我好给咱小丽压箱底呢……"

赵峰一屁股坐在地上！

小丽忙问："怎么了？"

"胃痉挛！"说着他头上黄豆粒大的汗珠落了下来。

刊于《三门峡日报·今日渑池》2016年

儿子、媳妇和婆婆

　　未结婚之前，她得父母万千宠爱，整个一娇娇女。

　　未结婚之前，他集父母希望于一身，是个孝顺儿。

　　某一年的某一天，他和她认识了。

　　相识后的某一天，他娶她进门了。

　　他们那儿有个风俗：新媳妇迈进夫家门的那一刻，未来的婆婆要躲着不见面，以后在一起生活才会和谐。

　　可他的母亲想得到儿子和媳妇的祝福，硬是站在堂屋中间等着。

　　当他牵着她走进门，当他和穿着婚纱的她走到堂屋中间，当他轻轻摇了摇她的手，示意她和他一起给母亲磕头时，她望着前方的喜烛不动声色地僵持着。时间，在短短的十几秒中跑走了，失望却在母亲一闪而过的眼里住下了。

　　他不动声色地继续牵着她的手。他想，她是有些陌生，是在害怕。他没有留意到母亲的表情，或许，从那时起，他的心就远离了母亲，开始转寄到另一个女人身上了。似乎很多男人都和他一样，只有娶媳妇的那天，才会觉得自己是个男人，而不是永远让母亲跟在后面担心的男孩。

　　回门那天，他带着她去看望女方的父母亲，他的父母则坐在家中观看他给他们的录像带——结婚娶亲的全程录像。他并不知道，当他的母亲看着他在女方家的堂屋里对着她家的祖宗牌位磕了近二十个头时，心情是多么复杂；他也没有看见母亲以从未有过的速度关掉了录像；他更没有看到母亲在沙发上痴坐一天的情形，直到他晚上带着她回来，把一包母亲最爱吃的鸡蛋糕放到她手上，母亲的眼才对他抬了抬，却并没有看她。

结婚没多久，她就看出婆婆对她的仇视，这和她抢走了婆婆的儿子有关吗？媳妇没多想，她能看出婆婆在压抑。只要丈夫对她千般柔万般情，就足够了，于是，在两个人的甜蜜中，她怀孕了。

不管怎么样，孙儿要来了，这是一个新生命，为了迎接这个小生命，他每天一下班就回家陪她。

她把最好的东西往嘴里喂。女人能做几次母亲呢？干吗不吃好点儿？当他和她提着大包小包的水果和吃食从婆婆面前经过时，婆婆已经很淡定了，从不奢望她会放一些在自己面前或说一句好听的话。要有孙儿了，就让孙儿多吃点吧，该做的还得做。

婆婆每天准备好茶、饭、蛋、肉，让媳妇觉得她也有不敌视的时候，原来在家里做娇娇女的感觉又回来了。

孙子出生了，儿子和媳妇手忙脚乱，没有任何经验，只能全仰仗婆婆。可媳妇有一点是确定的，她不能让孩子吃母乳，不然身材会走样的。

可这对婆婆来说，不是想造反吗？于是，原来不知何时积下的矛盾变成了激烈争吵，最后找了一个中庸的办法——吃母乳——吃不饱时就让孩子喝牛奶。媳妇不知什么原因，怀孩子时胃口好，可生完孩子却不吃鸡和鱼了，说是闻之欲呕，因此奶水不足。

婆婆对儿子说："媳妇在撒谎。"

媳妇对儿子说："身体确实不舒服，可能是产后综合征。"

儿子说：“我每天上班忙，一回来就听这些鸡、鸭的事，烦不烦？”

时间长了，只要儿子一回家，就有两个女人先后“倾诉”。儿子成了风箱里的老鼠——两头受气，而瘦弱的孩子却渐渐长大了。

终于有一天，媳妇看不惯婆婆的颐指气使，婆婆看不惯媳妇的目中无人，由激烈的争吵发展到打斗，媳妇当然是不敢打婆婆的，可婆婆是敢打媳妇的。她认为，进了这个家门，就得服从家规，就得服自己管。于是，媳妇被婆婆打了。

儿子赶回来，火冒三丈，看也不看他的母亲，拉着媳妇出去租房住，把孩子扔给了老人。

事情似乎应该结束了，一切以眼不见为净，你过你的，我过我的，婆婆天天拍着孩子唱：“灰喜鹊，长尾巴，娶了媳妇忘了妈。”唱着唱着，孩子三岁了。

一日，婆婆带着孩子外出，不小心摔了，爬不起来，孩子哇哇大哭。儿子赶来把他的母亲送到医院检查，摔跤的原因是晚期脑瘤，时日不多，这次摔跤导致半身不遂。

儿子对媳妇说：“回去，母亲再对你不好，如今这样，天大的恩怨都算了，我们要服侍她。”

媳妇对儿子说：“不回去，我爸妈从小到大舍不得动我一根手指头，你妈不拿我当人，我不要拿热脸贴她的冷屁股。请个人吧，我上班又忙，还要照顾孩子。”

儿子请了人，自己有空就回家服侍左右。八个月后，婆婆瘦得皮包骨，连葡萄糖针都打不进去后撒手人寰，除了对儿子和孙儿的不舍，什么也没有带走。

给婆婆办完后事，媳妇把出租屋内大大小小的东西用车拖了回来，对儿子说：“以后，你就安安心心上班，孩子和家，有我呢。”

儿子看了媳妇一眼，望着墙上挂着的母亲遗像，平静地说：“我们离婚吧！我想，你并不爱我。”

欧老师的烦心事

欧老师这些天简直烦透了。刚开学，忙就不说了，偏偏这次的新生中，有一个叫龚小平的小男孩，老是哭，且哭功不凡，早上来时要哭，不肯进教室；早餐不吃，哭；上课，哭；好言好语问，哭；吓唬，哭；下课，哭；而且，除了哭和要妈妈，这孩子问什么都不说。

当了十几年的班主任，送走了一批又一批学生，欧老师从没遇到这么一个能哭的学生。打又打不得，骂又骂不得，欧老师第一次觉得束手无策。

开学快一个月了，龚小平的哭声无时无刻不在考验着欧老师的神经。这不，刚才第二节课刚下课，同班的数学老师便拉着走进教室的欧老师的手说："欧老师，我实在受不了了！这课也没法上下去，他的哭声比我讲课的声音还大，我……我真想揍他！"

欧老师朝着第三组第五排看过去，和平常一样，那孩子还坐那儿抽抽搭搭地哭呢。厕所也不上，水也不喝，最要命的是，早餐到现在还没吃——碗还放在桌子中间。

只好又给他妈妈打电话了。

欧老师掏出手机："喂。是龚小平的妈妈吗？您能抽时间来学校一趟吗？对，和往常一样。看样子，不是一个上午，可能是一天呢！我？我和数学老师都束手无策了，你快来一下吧，这书不读不要紧，别把孩子身体弄垮了！"

十分钟后，龚小平的妈妈出现在教室门口。欧老师迎了上去，把她拉到一边。半个小时过去了，龚小平的妈妈说的话还响在欧老师耳边："换个环境？转个班？欧老师，可能是我孩子还没有从幼儿园的环境中转过来，不适应，老师您多费心，班就不转了吧。"

"那，只好您天天守着，不然无法上课呀！"

就这样，欧老师的班上出现了一位陪读家长的身影。一年级其他班上的老师都担心地问欧老师："就这样一直到六年级？"

欧老师无可奈何地摇了摇头……

又是星期五了。这天，龚小平的妈妈因为有事上午没来，和龚小平同桌的男同学嫌他老哭，烦了，找机会狠狠地踹了他一脚，却被龚小平在短短几秒钟之内使劲一推，结果男同学的眼睛边受伤了，到医院缝了二十多针，差点破相。

龚小平惹祸了！

虽然是那个男同学先出的手，但那男同学进医院了，所以欧老师又头疼了。不论欧老师怎么做思想工作，那个男同学的家长照样不依不饶，认为欧老师这个当班主任的监管不力，甚至爷爷奶奶、七叔八婆都跑到教室吵闹，要求补偿孩子的误学费、营养费和家长的误工费，甚至跑到校长办公室要求换掉欧老师。

欧老师和龚小平的妈妈费尽了气力，才使这件事情平息下来，只因为校长对欧老师说了一句话："赔礼道歉吧！好好处理！家长和孩子就是我们的上帝。"

"看样子这龚小平不仅能哭，还有强烈的自我保卫意识和进攻能力。"欧老师在心里狠狠地摇了摇头。

一学期快过去了，龚小平还是哭，除非有妈妈陪着。不管怎么样，只要他不哭就好。这样想着，欧老师绷紧的神经稍微放松了一点，可是，有些事情，是哪壶不开提哪壶，在一天下午的音乐课上，龚小平突然晕倒，恰恰那天他妈妈没来。

第二天，一年级九班教室没有看到欧老师的身影。欧老师请假了，请假条上有市级医院医生的签字——犯有中度抑郁症，至少休息半年。

寻找草原之恋

石子到了草原，他内心向往已久的大草原。

石子内心很烦闷，烦闷极了！

什么叫失意？什么叫失恋？三十五岁的石子算是在这一个月内全尝遍了——七年的恋人，七年的工作，统统失去了。

"美丽的夜色多……草原上只留下我的琴声……"歌声随着篝火飘向天空，整个旅游团的人都醉了，看醉了，听醉了。他们到美丽的大草原两天了，今天晚上到蒙古包体验草原上的民族风情。

石子坐在旅游团的人中间，出神地望着那堆篝火，望着冉冉上升的火焰，望着载歌载舞的人们，烦闷的心情似乎已被驱走了。他想自己是来对了，在这个暑假，不，没有"暑假"这两个字了，他在放假前接到通知——学校这次的裁员名单中恰恰有他的名字。工作了七年啊，什么资料都备齐了，就等着报批职称了。

七年的付出，七年的心血，就这么前功尽弃了。

现实是残酷的，工作没了，恋人也跑了。石子的心累了，或许，宽广的大草原才能安抚他那颗受伤的心。

石子正沉思着，忽听蒙古包男主人用浑厚的声音说："下面，请我们的草原之花为远道而来的尊贵客人表演独舞——草原之恋！”

人们高兴了，沸腾了，又是草原之花，又是草原之恋。大家都期待着，这绝对有看点。石子也和大家一样，翘首期盼着。

悠扬的马提琴拉起来了，宽阔的大草原在篝火的映照下显得越发静谧、神秘，随着美妙的琴声，一位身着洁白纱裙的女子迈着优雅的舞步旋转到篝火边的空地上，开始舞动纤细的腰肢，抖动柔美的双臂，时而轻柔旋转，时而俯身拥抱草地，时而探身作振翅欲飞状。一身洁白的纱裙在她身上就像一朵盛开的雪莲花，从花蕾到悄悄绽放，到散发出炫目的光芒，曼妙无比的舞姿，轻柔旋转的身躯，身上戴的首饰发出如玉铃般的脆响。

人们不禁看呆了，待舞者越跳越近，人们渐渐看清楚了，这是一个美丽的女子。一双丹凤眼顾盼有神，葱鼻小巧有些许微汗，红唇闪着魅人的微笑。她没有看任何人，也没有对任何人笑，但似乎所有人都感觉到她那顾盼生姿的目光，所有人都感受到她发自内心似雪莲花开时甜醉的微笑。

她舞着、跳着，红红的篝火、雪莲花般的姑娘，人们心潮澎湃，不由自主地站起来，跟在她的身后开始舞动。那一瞬间，仿佛人人都变成草原之花了，正演绎着草原之恋。

石子痴痴地望着那位姑娘，心在怦怦跳着。三十五岁的经历告诉他：“这才是我众里追寻的人啊！”这便是他心中的草原之花，好极！美极！想必当年乾隆皇帝的香妃也比不过如此佳人吧！他出神地看着那轻柔曼妙的身影，看着那位美丽的姑娘，他不仅春心荡漾：“就是她，就是她！难道上帝给我关了一扇门，会马上为我打开一扇窗？让我能有如此美好的草原之行，能邂逅如此美丽的草原姑娘？”

石子心里激动万千，他想和那位姑娘一起跳却迈不开脚步，他想叫一声：“嗨！美丽的姑娘！”却发不出声音。望着她从眼前飘过、又飘来，他的思绪在美妙的马提琴声里沉醉着。

倏地，琴声停了，石子定睛一看，那姑娘已不见了踪影，耳边响起的是雷鸣般的掌声……石子拨开人群，焦急地四处张望，想要寻找那位跳舞的姑娘。他要找到她。石子在人群中穿梭，他要去后台找她，他爱上她了，这么美丽的姑娘，要是错过了，将会是他的遗憾，他不想再错过任何一个机会。

终于，石子离开热闹的人群，他瞥见一个白影飘进蒙古包。石子走过去，轻轻揭开门帘，她正背着门端坐在镜前卸妆。石子轻轻走到她背后，弓着身子轻轻对她说："对不起，打扰您一下，美丽的姑娘，请原谅我的冒昧，我能和您说几句话吗？"

"好，你好！小伙子，你有什么话要对我说吗？"那位姑娘闻声转过身来，微笑而有礼貌地问石子。

石子的背突然直了起来，脸上的笑容也僵住了——卸了妆的不是什么姑娘，眼角的鱼尾纹和脸上细细的皱纹真实地显出她的年龄。

石子呆了！

那位"姑娘"边用询问的目光看着石子，边继续拿掉头上的头套，露出几缕银丝："你到底找谁呢？瞧你那奇怪样？"

"我……"石子扭捏地说，"我找草原之花。"

"我就叫草原之花啊，乡亲们都这样叫我，我在这里跳了三十三年的蒙古舞——草原之恋了。"

"三十三年？"石子惊奇地看着她。

"是啊，我从没有结过婚，这个舞蹈是为了纪念我的恋人，我一直在等着他。他在一次大风暴中失踪了，再也没有回来，我每天在这里跳草原之恋，在这里等他，我想有一天他一定会回来找我的。小伙子，那你到底想找谁呢？"草原之花关切地微笑着问他。

　　"我？我也是来寻找我的草原之恋的。"石子说完，深深地对她鞠了一躬，转身大踏步走了出去。

今生共你唱

　　他俩的相恋，缘于一次落水的经历。

　　那时，宝峰湖水明澈如镜，湖岸绿树环绕。从登上游艇的那一刻起，罗叶越来越惊喜。她从包中拿出早已准备好的相机，对着美丽如画的景色开始不停地拍摄。

　　她是特意趁着这次参加美展来到张家界的，都说张家界的山、九寨沟的水令人看过后便不再青睐别处山水，可罗叶觉得，宝峰湖的水就像一面天上降下来的宝镜，美不胜收！湖水中，一对鸳鸯相依相偎，罗叶忘情地拍着，忘记了自己手中橙色的包，一阵惊呼和拥挤，她的包迅速从她手中落下，落向绿色的湖面，很快，悠悠地沉入水中，只有那橙色的、细细的包带在水中若隐若现……

　　罗叶一声惊呼，她慌了，身份证、机票都在包里！她想都没想，把相机往船舷上一放，"扑通"一声，跳了下去。那根细细的橙色带子即将在水中隐没的一刹那，罗叶用脚勾住了它，然而，仅仅只会几招狗爬式游泳的罗叶很快感觉自己要被水吞没了，慌乱中，她的手摸到了硬硬的木板，她意识到自己被卷入了船底。很快，她绝望了，逐渐失去了意识……

　　当罗叶醒时，她看见了一双亮亮的充满关切的眼睛。他救了她，一个船工，一个有大学学历的船工。这是罗叶出院不久后知晓的，她从不相信一见钟情，可是，她觉得这个长相俊朗的小伙子并不比传说中的许仙差。

难道去张家界，就是为了邂逅一场风花雪月的爱情吗？很多事情就是这样，来得猝不及防！她和他的故事悄然开始，就像新春刚长出的绿芽，越来越翠绿。

他俩结束是因为罗叶的母亲以死相逼，说什么也不同意他们交往。他们交往因为他家境贫寒，年迈的父亲为了抚养他成人，一直未娶，大学毕业，他接替了父亲的职业，但从不曾放弃学习，业余的他竟被誉为"宝峰秀笔"。

现实的无奈，让他们共同与现实抗争了十三年，男未婚，女未嫁。终于，他抵不住老父的遗愿，和另一个女子结婚了。罗叶则随母亲回到苏州老家，从此，断肠人在天涯。

多年后，罗叶成了一名画家，也成了真正的剩女。她的画风从不脱离山水，绘画景物像极了张家界的砂岩峰林，很有些古风韵味。而她画的水，总有一对鸳鸯。

多年后，他潜心写作，成了名副其实的本土作家。他的作品，永远都以宝峰湖为题。连续出版了六本散文集，书名都是《落叶》。

数年后的重逢，竟然在宝峰湖。那天，罗叶夹在美术参观团的人群中对着湖中的鸳鸯凝望时，一双深色眼镜后的眼睛也望着她。当罗叶转过头来时，四目相对，时间凝固，只有宝峰湖水在荡漾。

当他从长沙回来匆匆赶到宝峰湖时，看见了那无数次出现在梦里的情影。他明白了，为什么美术团提前联系市文联要求他负责这次接待。

他说："我的书，都叫《落叶》。"

她说："我的画，都有鸳鸯。"

她，是美术参观团的团长。

看着罗叶的眼，他喃喃自语："留下来！"

罗叶轻轻拾起一片秋叶，又任它从手中飘飞。"秋天来了！"她轻轻说道。

是的，秋天来了，秋风扫落叶，一去不复返。

三个月后，他收到一封来自苏州的信，打开，里面是一片落叶。

罗叶走了，乳腺癌。三个月前，罗叶来张家界是想见他一面。

"寄出这封信。"是她最后的遗言。

草帽面

  甘城的这个夏天，真是热得古怪。

  而这个古怪的夏天，也出了一件稀奇事：在甘城小学旁的一条小巷内，有一个卖热面的，也就是普通的葱花肉丝面，可人人都说吃出了20世纪六七十年代老面的香味。

  每天深夜两三点还有很多人坐在那里，吃的吃，等的等，不时有一些人来了，看了看前面那些等待的人，便习以为常地找个地方，站的站，坐的坐，边等边聊起天来。这成了小城夏天晚上的一景。

  这个推着板车卖汤面的小摊主，每天都是晚上十点准时来到这个小巷。板车的架子上挂着一个牌子，上面用毛笔字写着"草帽面"。小摊主的头上也戴着一顶草帽，生意再好都没取下来，一直到收摊。

  不知不觉，巷边小摊排长队等面，在这个夏天成为一种时尚，那些在酒馆茶馆吃多了喝腻了的客官往往会相约："走，吃碗草帽面去。"

  师傅很奇怪，无论长队排到多少人，他还是不紧不慢，不声不响，一碗一碗仔细配料。他的面条不是超市里买的那种，而是加工的碱水面。一天只准备那么多，卖完后，就轻轻说一句："面没了！"后面的人听说面没了，只是各自散开，毫无怨言，等到第二个晚上来早一点儿便可吃到了。

草帽面好吃！香！比大闸蟹还香！草帽面出名了！

小巷有一个摆摊烤羊肉串的人，看着草帽面生意火爆，很是羡慕，打听后得知草帽面摊主是个复员军人，曾在部队炊事班做过几年，厨艺不错。于是悄悄观察了好几天，暗自学艺，不久便也改做热面生意来，亦美其名曰"草帽面"，并竖了一个广告灯牌做的招牌，让人还未进巷口便可看到大大的几个字。

小巷更热闹了，两家生意都好。烤羊肉串的摊主很高兴，做生意的谁不想赚钱，有好门路了就要跟啊！可只过去两周，烤羊肉串的热面生意就差了起来，吃面的人宁愿排队也要等那个老摊的热面吃。

烤羊肉串的摊主纳闷了，他悄声拉住一个经常吃面的人问道："为何他的生意总是比我的好，我的面条材料和做法和他差不多啊！"

那人上下打量了一下他："你的头上没戴草帽啊！"

"啥？这？都是草帽面，戴与不戴有什么关系呢？"

那人望了望那顶草帽："关系大了。你知道吗？那人是个复员军人，曾是部队的炊事班班长，在一次抗洪抢险中差点被洪水冲走，被一块大石头挡住才保住性命，可头皮却硬生生被揭掉了一块，再也长不出头发了。现在为了贴补家用，才晚上出摊卖面，很多人去吃面，除了他的面好吃，更多的是冲着他头上的那顶草帽啊……"

三天后，烤羊肉串的老板又出摊了，不过不是热面，而是烤羊肉串，只是他身后多放了很多小塑料凳，很多吃面的人都可以在他这儿坐坐，聊聊，渐渐地，羊肉串生意也好起来了。

宾客至上

阿华经营着一家服装店，每周都要去天州进货。

天州是个工业城市，拥有全省最大的服装批发市场。凡去过的人都对它有两种印象：一是服装大厦里批发种类齐全、装修豪华；二是街道特别脏、乱、差。批发城每天凌晨四点开门，下午两三点就关门了。因为中午十二点以后，来自四面八方的进货卧铺客车就纷纷离开车站，所以街上各种各样的人、车就开始渐渐消失，城市随即恢复平静。

深秋，来自黎峰的卧铺车上，天还没亮，那些进货的人就络绎不绝地喊下车了，尤其是经营童装的丁姐，嗓门比谁都亮。她一起床，一开口，别说这辆车的人，其他并排停在站里的相邻几辆车的人都会被她闹醒。阿华闭着眼，根本睡不着，车子一路颠簸，好不容易半夜一点到天州车站，才歇息了几个小时。

阿华睁开眼稍稍看了看，天根本没亮，下着小雨，再等等吧，她想着……

六点零五分，阿华拉着一个小拖车，不急不忙地朝出站口走去。她知道，要去拿货的地方七点多才开门。

天际刚刚出现一点点鱼肚白，地上早已被秋雨打湿了，偌大的出站口很安静，只有一个个子瘦瘦的中年男子和一个打着雨伞的女人相隔几米远地站在中间，不远处还有三四个人。那男的看起来孤零零的，眼睛定定地望着前方，手里搂着一大堆弹力裤。阿华一看就知道，这些是早上八点之前城管不上班抓紧卖地摊货的人。

阿华准备绕过这人，怕小拖车会溅起泥巴。突然，那男子手一动，一条黑色的弹力裤扔到阿华手上，还没等她看清楚，弹力裤又飞快地顺着她的手滑落，掉在满是泥的地上。

阿华愣了，望着掉在脚下的弹力裤，她很奇怪：裤子怎么会莫名其妙往身上飞？她飞快地看了一眼那男子，仅仅是一秒钟，她看见男子一动不动地盯着她。同时瞥见旁边打伞的女人飞快地移到她面前，伞很快罩住了阿华，也罩住了那男子。紧接着，女人用一双眼睛蛮横地上下扫她："你是什么意思？别人给你看货你怎么把它往地上扔？现在全是脏泥水，你要赔钱给他！"

快而猛烈的一串天州话快速地冲进阿华的耳朵里，让她没有丝毫思考的时间，阿华霎时不知说什么了。只见那女的用手一扒拉，男子手上的几十条裤子全掉落在地。

女人狠狠地瞪着阿华："你赔！你要赔钱！你要赔这几十条裤子的钱！"

阿华紧张了，她马上意识到自己遇上什么了。常听说货站旁有这些事发生，尤其是警察没有上班的早上，会喊天天不应，喊地地不灵。阿华转眼一看，发现刚才还站远处的四个人正缓缓朝这边"包抄"过来。

"原来他们还有同伙，看这阵势要吃亏。"阿华脑中飞速闪过这个念头。她知道自己无须辩解，因为那女人连珠炮般朝她轰开了。

阿华脑中快速地运转着："必须马上摆脱，越快越好。要不然，钱被抢光不说，就是被打死也没叫的地方。"

阿华想着，快步向停车场走去，但刚走没两步，身子被猛地拽回来了，她看到两张充满狡诈且凶神恶煞的脸："不乖乖赔钱，别想走！"阿华突然觉得恶心，却吐不出来，眼角的余光已经看到那四个人从前后包住了他们三个。

走不掉了！难道就这样让人给算计了？她想起上星期进货的同伴被人敲诈，最后空手回家的事，她慌乱了，掏出了钱包……

突然，一只手伸过来，压住了阿华的钱包，是围过来的四人中的一人，他对那男子和女人说："我们来给你赔钱，好吗？"说完，一个眼色，只听那男子和那女子几乎同时惊叫一声，双手就被那几人转到背后。

那四个人从口袋里掏出证件说："我们是车场派出所的，这段时间接到好几宗敲诈案，刚才的事情我们看得很清楚，走吧，到派出所说去。"

阿华愣住了，她没想到会这样。她感激地看着他们，抬眼望去，出站口上面那几个大红字显得分外生动——宾至如归。

福姨进货

　　福姨又要去进货了。她从板车摊边的小板凳上站起身，对邻摊的人说了句话，便去前面那条街招进货的伙计了。别看福姨五十二岁了，能干着呢，生意好，一个星期要跑一趟吉首进货。

　　第二天下午五点，福姨和四五个伙计的身影出现在火车站的小侧门边，清一色和福姨差不多年纪的女人。

　　这是一个小站，虽然有火车，但货车多，她们就是专门坐货车来的，便宜，只要三到五元钱。而坐客车，怎么也得要十几元钱，被列车员看见那些山样的货包，还得要另加五到十元的货钱。小生意，一趟货也赚不了多少钱，于是，福姨第一个摸索到了坐货车进货。于是，凡进摊货的，都跟着有经验的福姨悄悄坐货车了。

　　糟糕！刚走进小侧门的福姨她们，看着一辆往吉首方向去的货车正慢慢启动，火车轮正开始发出"咔——嚓——咔——嚓"的声音。说时迟，那时快，福姨飞快地向两边望了一下，嘴里叫着："快！快过去！赶上那辆车！"几个女人身子瞬间变得灵便了，摇摆着跳过几道铁轨，纷纷跳上火车的最后一节车厢，福姨的脚被轨道上的石子磕了一下，只停顿了一两秒，火车的声音便开始变成"咔嚓咔嚓"了。

"快呀！福姨快呀！"那几个人着急地站在车厢外面的铁栏杆旁叫着。福姨赶紧在火车后面飞跑几步，一只手抓住快速往前滑的铁扶手，火车把她的身子带离了地面，福姨的脚轻飘飘地落在了铁板上。

　　火车只有最后一节车厢是空着的，往往跟车的列车员都很同情这些上了年纪还为生活奔波的老大姐，彼此也达成默契，遇到她们上车从不呵斥，她们也经常塞给列车员一包硬壳白沙烟或是五元钱，算是谢礼。

　　福姨几个上得车来，相视一笑，搭上这班车，两个小时后到达吉首，睡一夜就等着明天一大早直接去关厢门进货了。

　　幸亏跑得快。福姨拿出准备好的半张报纸，在车厢里找了一个空地，一屁股坐了下去，便开始有一搭没一搭地聊起天来……

　　货车车厢除了灰尘多还没有灯，列车员静静地坐在车厢唯一的高凳子上，听着她们拉家常话。渐渐地，说话声没了，火车越往前走，山洞越多，火车一钻洞，车厢里便一片漆黑，耳朵里一阵轰隆，什么都看不见，什么也听不见。渐渐地，天黑下来了，车厢里更安静了，只有单调的火车隆隆声……

　　福姨是睡不着的，她眯着眼，心里在想着患小儿麻痹症的儿子，明天是他的生日，又是本命年，得早点进完货赶回去，还要在进货的地方给儿子找两条大红短裤让他穿上，避避邪。福姨想完了儿子又想着她那老实的男人，守摊都守不好，嘴巴木讷不说，生意不好，还老是让小偷得手，掉了几回货物。可她进货去了，摊又不得不让他看着。每次进货回去，福姨都要瞪着眼骂他几句，但是男人从来不还口，由着她，这一家的费用都靠福姨那张嘴了，让她多练练也好，男人心安理得地听着，渐渐习惯了。

　　福姨还想着，什么时候自己也能像有些女的，打扮得花枝招展地去参加什么腰鼓队，或是和男人看看电影什么的。福姨想到这里，嘴角慢慢上扬起来。其实她知道自己笑起来很美。好像是坐得太久了，腿有些麻了，福姨轻轻地挪了挪屁股，把身下的报纸也移了移，继续在黑暗中想着她的心事……

快八点了，火车停下来了，吉首是大站。福姨和同伴们下了车，穿过铁轨，不敢从出站口出去，径直顺着站台的围墙走，最前面有一条巷，从巷子穿出去就是大街了。

从下车到小巷，灯光几乎都是昏暗的，尤其是在小巷，但人多，也没怎么害怕。几人你一言我一语，说着笑着就出了巷子，来到吉首大街上。谁也没想到，福姨更没想到，她走在前面，一辆转弯过来的"货的"把福姨带翻在地，且车轮把她带了好几米远。看着福姨在地上翻滚着，货车司机可能因为车速太快，没看见，车子很快就开走了。

后面的几个同伴目睹了这一切，吓呆了！当她们大张着嘴巴跑过去，却惊讶地看到福姨从地上爬起来，拍着衣服上的泥土，大张着眼睛，低头到处找她的货包："我的包呢？我的包呢？那里面还有一些货要拿去换的，不能掉啊。"

几个人看着福姨，看着她做梦般的神情，放心地彼此一看，笑了。这一看不打紧，反而笑得越发厉害了。原来每个人的脸，除了牙齿是白的，其他地方都是黑的，她们坐的是拖煤的火车。

再看看福姨，那焦急的脸上也是黑不溜秋的，怪不得车子把她带翻了也没知觉。不过幸好没事。

在夜色的昏黄的街灯笼罩下她们朝旅馆走去。

这是一个发生在1993年的故事。

赌王夏玉

　　夏玉最初是个"跑场子"（民间赌博场）的。没几年，便成了赌场上小有名气的赌王。手下养了一两百个小跟班。

　　从一个小小的山寨出来混世界，夏玉算混得好的，一天内输赢少则十几万元，多则几十万元。除了赌场运气好，赌王夏玉还有几个特点：一是名字如玉，长相俊美；二是赌技如神，头脑反应极快、心肠十分狠毒。听说夏玉从小不爱读书，却天生对打牌十分着迷，小学三年级时就逃学去看别人打牌。

　　有一次，他跟着打牌的几个外乡人走了，舅舅找了他三天三夜才在一个晒谷场的草垛下找到熟睡的他。

　　说他心肠歹毒，是因为在他身上发生过一件事，足可窥见其性。夏玉刚来城里时，曾租房住过一年多，房主为人颇豪气，经不住夏玉的软磨硬泡，将妻子为他生了一对双胞胎后办喜酒得到的二十万元以每月两分钱的利息借给夏玉。夏玉就是靠这二十万元起了身家。

　　他将钱放到场子上，以五分到一角钱的高利返本，迅速在场内"培养"了一帮小跟班，然而房主却因股市急剧下跌，在股市损失了全部身家，跳河而亡。当房主的妻子拿着借据找夏玉要钱时，夏玉却翻脸不认账。自导自演，谎称租房晚间进了强盗，将放在楼梯间的越野摩托车偷走，同时偷走的还有手机和袋子里的八万元钱，要房主妻子赔偿，并以此为借口，强行叫一些小跟班把怀孕的老婆和所有电器家具全部搬出出租屋。房主妻子一时气不过，扔下家里的一对双胞胎在后山寻了短见。

此事虽出，夏玉照常在赌场上逍遥，很多场子上知情的人嘴上不说，却也从旁领教了夏玉的冷酷。背地里说夏玉是个"吃人不吐骨头"的主。

几年后，夏玉在场子上赢了几百万元，看中一家即将倒闭的酒店，便投资重新开业，想着有一天如果在场子上混不下去了，自己也好有个退路。毕竟花无百日红，赌场如战场。于是，夏玉一边请人经营酒店，一边天天泡在场子上。

半年后的一天下午，夏玉在赌场上遇见一张生面孔，但因是老哥们儿的介绍，所以也跟到场子上来了。虽然这人一整天手气不怎么好，但临收场前的两小时却战败数人，将当天赌资全收入囊中。

夏玉呆了，这人简直像赌神降临，其风姿远超过他这个赌王啊！连夜，夏玉派人调查此人的来历，然而，调查结果却证明这人没啥来历，很普通。夏玉放心了，他的场子，还从来没有敢如此捞金的人。他吩咐几个跟班好好盯着这人。这人还是天天来，且手气特好，赌王夏玉有些紧张了，悄悄吩咐手下继续在做牌上动手脚，准备把那人赢走的钱再赢回来，可不知什么原因，那人还是天天赢，没输过一次。

三个月后，夏玉在一天晚上邀请那人一起喝茶。交往了几个月，两人也熟悉了。夏玉得知他叫陈二，便单刀直入地请陈二放他一马，不要砸了他的场子，以免毁了这么多年赌王的盛誉。

陈二沉吟了半天，回答夏玉说："可以，不过，玉哥你借我二十万元，还有，一个月内，我要你把你的酒店输给我，一个月后我就原封不动地归还这二十万元。"陈二说这些话时不急不缓，眼睛盯着泛着红光的普洱茶，看也没看夏玉一眼。

夏玉混了这么多年，还没有谁在他面前这么不给面子的，他"啪"地扔掉手中的茶杯说："别给脸不要脸！咱们走着瞧！"

一个人的运气是说不好的，不会总是好，也不会总是坏。夏玉自从遇上陈二，运气就没好过，他的场子日渐亏损，不管他怎么在赌局中耍手段，陈二总能赢。因为是地下赌庄，不论夏玉怎么换地盘，陈二总在场。渐渐地，夏玉感觉身上就像附了一只吸血鬼，躲也躲不掉、甩也甩不脱，他感觉自己的血快被吸干了！

渐渐地，赌王场子上有赌神的事很快在圈内传开了。

不出所料，正如陈二所言，一个多月后，夏玉的酒店心不甘情不愿地被陈二接管了，夏玉输空了。

夏玉百思不得其解，真想一头碰死算了，好不容易打来的江山就这么没了。

交出酒店承包权的那天，他不甘地问陈二："没有谁能在赌场上战胜我，你是怎么做到的？"

陈二一言不发地掏出一张揉皱了的纸打开，夏雨一看，愣住了！那是他和原来那位房主的二十万元的借据单。

陈二一点一点地撕掉那张单子，说："这张纸条的主人是我姐夫。"

夏玉又回到山寨了，且再也无力"东山再起"。有一天从城里回来的曾经的小跟班告诉他，陈二把他那帮兄弟全收买了，无论夏玉吩咐怎么做手脚，总能被陈二以高出一倍的钱收买。这就是陈二能成为赌神的原因，夏玉听完，朝天大笑不止，笑着笑着，眼泪便不停地流，嘴里叫着："我是赌王！我是赌王……"

夏玉从此便疯了！

刊于《中华女子文学》2017年第5期

刊于《邯郸文化》2017年第1期和第2期

金山恋

2010年，双胞胎姐妹娇娇和兰兰来到美丽的金山湖。湖畔亭台楼阁，绿树葱翠，远处耸立的金山塔令人思绪纷飞、心旷神怡。湖水倒映着她俩美丽的倩影，一路洒下银铃般的笑声。可当她们在金山塔前想留影却无人相助时，遇到了热情的双胞胎兄弟强强和亮亮。于是，两个人的合影变成了四个人，而合影上，个个都笑得那么灿烂。

他们相约三年后，再聚金山湖。

一年后，娇娇和强强喜结良缘。而兰兰和亮亮却在当天突然宣布，要去西部山区的黄土岭小学执教。这个消息让大家都惊呆了。

冬天来了，百无聊赖的娇娇忽然很牵挂兰兰和亮亮。当她坐了两天两夜的火车，八个小时的大巴，又走了十几里山路到达黄土岭小学时，眼前的一切让她震惊了：破砖裸露的教室，教室里供两人入睡的土炕，做饭的锅孤零零地放在炕边。

娇娇心疼得直掉泪："回城！说什么也要回城！到你姐夫的厂子里做什么都比这里强。"

"我们走了，这些孩子怎么办呢？"兰兰和亮亮望着那些孩子轻轻说。娇娇一跺脚，扔下五千块钱头也不回地走了。

生气归生气，娇娇还是时常给他俩寄些吃的和钱。兰兰和亮亮经常来信，诉说工作的苦与乐，还说明年要到金山湖旅游结婚，请娇娇和强强相伴。娇娇高兴地把这喜讯告诉了强强，却看到强强嘴中吐出的烟圈越飘越远……

时间就这样过去了。一天傍晚，已有两个月没收到兰兰来信的娇娇眼光死死地盯住了教育台正播放的一则新闻：两位山区教师，为抢救学生，在不久前的一次山洪暴发中双双罹难。屏幕上，两张再熟悉不过的笑脸笑得那么灿烂……

娇娇瞬间失去了知觉。

去清理遗物时，娇娇得知，兰兰和亮亮去世后，村里的人决定把他俩埋在后山。但本地有一个风俗：死人入殓，要有亲生儿子披麻戴孝，可他俩还没有结婚。于是，村主任决定让自己的儿子来给他俩当孝子。

第二天入殓时，大家却发现，全班四十个孩子都披麻戴孝来送葬了。一路上，送葬的队伍非常安静，当坟堆堆起时，四十个孩子从嘴里大声叫出："爸爸、妈妈，我们想你……"

全村老少闻之无不哽咽。天公动容，下起了瓢泼大雨……

一年后，娇娇又到了金山湖。她拿出那张合影，轻轻地点燃："兰兰、亮亮，看！金山湖，姐带你们来了……"看着火苗中兰兰和亮亮的笑脸，娇娇轻轻把手一挥，一阵轻灰飘入金山湖绿色的水中。

此时的娇娇已经离婚，她提着皮箱，准备去一个想去的地方——黄土岭。

刊于《常德民生报》2017年第1036期

梅　婆

故事发生在新中国成立前的梅崖山。

梅婆是媒婆，媒婆就是梅婆。而且是梅崖山独一无二的媒婆。凭着一张会说话的嘴巴，让她过着村里人认为的上等人的悠闲日子。

梅崖山山高路险，山里的后生老娶不上媳妇，梅崖村的后生只要到了年龄，就会由母亲领着，带上两只自家养的鸡或鸭，对着梅婆说好话，要她在山外给寻个媳妇。不出三个月，这媳妇就成了。到了吃喜酒那天，梅婆的尖嗓门会叫得人心里甜得发腻："砍柴的姐、搬柴的娃、烧火的丫头、洗菜的妈，都辛苦了！逮饭逮饭喽……"

有一天，山外来的一阵枪声打破了古老的梅崖山的宁静——日本人来了！很快，村里只要是男的，都被抓走去修工事了，女的能躲则躲，不能躲的就遭殃了，梅婆就是没躲掉的一个。

梅婆和一些婆姨被关在一个破仓库里。她没能跑掉的原因，是为了取那藏在木衣柜里的一对银皮包的玉簪子。为了活命，天刚黑，梅婆便偷偷用银簪拨开门跑出去，跟着跑的还有几个婆姨，胆小犹豫的又被鬼子叽里呱啦地叫着抓了回去。

梅婆和那几个婆姨哪还敢回村，她们连滚带爬地跑了个通宵，才在梅崖山后找了个僻静地歇了下来。

她们虽捡回了性命，但梅婆却不能再周游四方做她的逍遥媒婆了。她不敢下山，于是和几个婆姨在大山里躲了起来。

一日，一阵稀疏的枪声从山下传来，梅婆吓了一跳，她躲在树后朝山下望去，有一队身着军装的人朝山上走来，梅婆吓得忙往山洞里钻。等天黑出洞口时，才发现白天看见的那队人横七竖八地躺在山洞外的地上，有些满身是血。

"不是日本人？"梅婆心里一惊，忙叫几个婆姨把那些人一个个移进洞。

从一个清醒些的人口中得知，他们是被冲散的士兵。

梅婆和几个婆姨商量了一下，决定回村去弄药品和盐巴。可山下日本人关卡重重，如何去得了？

梅婆望着黑漆漆的一望无际的梅崖山山崖，一个极其冒险的法子跑了出来，凭着她平时十里八乡地到处说媒，山道弯道都熟着呢！

"攀崖下去！"她沉吟着说出这几个字。很快，长而粗的藤条一截一截地搭好了，带上一个胆稍大的婆姨，梅婆率先抓住藤条往山下溜。几个时辰后，梅婆和几个婆姨悄悄取出一些用品，只是每次取出东西，回头望望已无人居住的村子，梅婆的鼻子会泛酸，心里会疼。

两个月过去了，那队人身体已恢复得差不多了。他们走时，为首的一人从口袋掏出三块银圆，放到梅婆手里，说拿着吧，他们带着钱也没用，说不定哪天就战死了。梅婆接过钱，看着几个婆姨对那人说："柴多火焰高，我对这儿道熟，我就带大家一起走吧！"

那人看了看她们，默许了。

白天不敢走，只能晚上走。梅婆道熟，带他们攀崖，总算出了鬼子的包围圈，一路北上，随那些人一道，找到了组织。

很快，梅婆随遇而安，又重操旧业做起了媒婆，虽不像在梅崖山那带常有人送鸡和鸭的，可梅婆却比以前更勤快了。这村那坳都能见到她的身影。

　　很奇怪，这一带的军队老打胜仗，日本人也不敢像在梅崖山那么猖獗。梅婆感觉在这里过得比梅崖山还好。但她天天跑东跑西，却从没在哪一家酒席上看见过她，倒是媒婆的名号越来越响了。

　　有一天傍晚，人们发现梅婆趴着死在河边的渡口，看得出来，枪是从后边打的，人们把她翻过来，她的胸口一片血，口袋里掏到一张皱巴巴的草纸，上面歪歪扭扭画着的是离渡口不远的鬼子炮楼里里外外的布防图。

　　死去的梅婆看上去五十多岁，可后来据梅崖山的人说，其实梅婆只有四十八岁。

虎　威

泽老师是县城南街的一只虎，且是一只母老虎。整条南街，无人不知，无人不晓。

泽老师非常有文化，长相貌美，家里的两个小丫头也和她一样，出落得貌美如花。泽老师性格刚强，能说会道，聪明绝顶，却找了个绣花枕头样的丈夫，故家里的里里外外，都有她叱咤风云的身影。生就一副女儿相，却有一身男儿胆，按理说，像她这样的人，是不适合住在南街的。南街是整个县城鱼龙混杂、三教九流居多的地方，像泽老师这样知书达理的人家，显得格格不入。偏偏夫家的祖屋又在这条街，于是免不了和邻里发生纠纷。

用泽老师的话说就是："那些人都是市井小人，素质差，净是些贪小利、占便宜的主，你不招惹他，他也会招惹你。"所以每每遇到这些人和事，泽老师必定会毫不退缩地针锋相对。俗话说："打人不上百步。"可泽老师有时硬是忘了自己为人师表的形象。男的惹她，她会翻墙爬院赶到那人家继续闹腾，直至那人给她讲好话才罢休；女的惹她，她二话不说先从头顶揪下她一撮头发，再论理。招惹她的人却只会骂娘。泽老师却是从古至今、天文地理地一通狂轰滥炸，炸得和她争斗之人无不缩着脑袋钻回屋子，而泽老师那不带脏字的长篇大论让旁观的人都听得如痴如醉，又合情合理，所以每次都是完胜。

鬼都怕恶人，何况人？久而久之，泽老师的"老虎"屁股谁都不敢摸了。讲也讲不赢她，打又打不过她，谁敢惹？

但就出了一个敢惹泽老师，且比她还要凶的人。这人就是龙伯。龙伯家是几年前从永顺搬过来住在泽老师家那条小巷子的，两家相隔只有十米远，泽老师搬来时，龙伯还在监狱服刑，据说还要四年才能回家。

龙伯有五个儿子，大儿子是大老婆生的，三十多岁还没成家，二儿子是二老婆生的，也还没成家，小的八岁。一家人没一个成器的，无业又不爱读书。龙伯的老婆带着五个孩子，日子过得很艰难，穷得呱呱叫。可龙伯的老婆逢人就说，龙伯原是地方一霸，因犯事被判刑，等他回来日子就好过了。

泽老师打心眼儿里瞧不起龙伯的老婆，她觉得是"屋里吃豆渣，外头讲大话"。叮嘱家里的两个小丫头不许和龙伯的小儿子在一块玩耍，可小孩子们很快就撇开大人的成见了。小丫头拿出家里的小人书给那小子看，那小子则用背篓把从山上摘的板栗成堆成堆地倒在两家门口，几个孩子相处得比大人融洽多了。

泽老师看了也没说什么。直到有一天，泽老师下班回来刚开门，一眼瞥见两道寒光朝着她的方向冷冷地射来。她转头一望，龙伯家的桌前坐着一个平头男人，身子清瘦，披着一件黑外衣，桌上只有一碟花生米和一个酒杯。那人沉默地坐那儿，没有一丝笑容。泽老师马上猜测："这是那个龙伯吗？"她感觉以后可能和这人不好打交道，因为素来只有她冷眼看别人，没有人能冷眼看她。

是的，龙伯出狱了。而且，他对任何人都是冷冰冰的，成天在家喝酒，哪儿也不去，沉默得可怕。他那老婆和几个小子，见了他就像老鼠见了猫，大气也不敢出，而泽老师也从不和龙伯说一句话。

果不其然，几个月后的一个傍晚，泽老师家和龙伯家发生了争吵，原因是这条老巷末端的天井是泽老师夫家的祖传地，泽老师要把它修成房子，且要在通往天井的巷口封墙做门，而这天井又正在龙伯家的后门，一封，他这后门就成了虚设。于是，素来沉闷的龙伯便抄起菜刀要对泽老师动手，这不是太岁头上动土吗？激烈的吵闹声和一触即发的战争吸引了整条南门街的人，泽老师岂是个好欺负的？她拿起门后的斧子冲上前，就在要闹出人命的时候，泽老师那绣花枕头一样的男人叫来了居委会的人，两人这才不得不停战。从此，南门街的人都知道，这条街上又出了一只"老虎"，敢碰泽老师的"老虎须"，而且，又是低头不见抬头见。

最后泽老师的房子还是修了，门也做了，龙伯却经常旁若无人地打开后门，从新封的门里过路，晚上还大大方方地朝后门口的阴沟里撒尿。这不明摆着挑衅吗？为此，两人不知有了多少回口舌，谁也不让谁。梁子就这样结下了，两家的孩子也不在一起玩了。

由于新房子还没完工，每天晚上，泽老师的两个孩子仍然睡在老屋。有一天午夜十二点，老屋突然垮了。惊天动地的响声和满天的灰尘，只见平常不怎么出屋子的龙伯一下打开门，看到眼前的情景呆住了，随即使出平生最大的力气敲泽老师新屋的门，嘴里大声吼着："泽老师，泽老师，快点儿，屋垮了！你那两个小丫头还睡在里面呢！"

龙伯的喊声惊醒了所有人，当泽老师跑出来时，正看见龙伯站在满是灰尘的废墟中使劲拽垮塌的木板——那是两个孩子睡房的位置。

泽老师大叫一声："别找了！两个丫头今晚都被我叫到新屋去睡了……"原来，老屋是好多年的木板屋，顶上的木梁老早就"咯咯"响，看着日渐倾斜的木板壁，泽老师才决定修后面的天井，也恰恰在老屋塌的那天晚上，她把两个孩子叫到未完工的新屋去睡了。

很奇怪，屋垮塌了，泽老师却丝毫没有颓丧，反而把龙伯全家人叫到一起，好好吃了一顿豆腐炖肉。

从此，两家孩子又高高兴兴地玩在一起了，更奇怪的是，素来大门不出二门不迈的龙伯，被泽老师介绍到学校看门去了，而泽老师不管见到南门街的谁，脸上都挂着微笑……

刊于《常德民生报》2017年第1059期

惊　变

　　春春躺在病床上，全身缠着雪白的纱布，连眼睛都被蒙得紧紧地，只留下一张肿大的嘴巴露在外面。一夜之间，她就变成了这样。她全身感到疼痛，不，心里也在疼。

　　她很清楚发生了什么事，她感觉有一样东西从昨夜开始，已迅速从身上跑开，且再也不会抓住，救了一个她生命中重要的生命，同时也失去了自己视为生命，也是每一个女人都视为生命的东西——美丽的容颜。

　　4月29日的夜晚是一个惊变的夜晚，不光下大雨，还不时伴有强烈的闪电和雷声。春春才上二楼一会儿，耳边就响起一声震耳欲聋的响声，一股浓烈的烟雾快速地蹿上二楼，并冲进她的咽喉里。春春像棒球似的猛弹起来，用了平生最快的几秒钟，发出无法控制的尖叫，疯了似的冲进了迅速弥漫整个楼下客厅的烟雾里。对，满屋的火和烟。她迅速抱起缩成一团大哭着的女儿，没命似的冲出门。女儿得救了，而春春却倒在地上，嘴里发出和客厅地上正满地打滚的公公一样绝望的号叫……

　　什么事情都是有规则的，人一旦违反了某些规则，就会受到惩罚。所以，历来天不怕地不怕的公公，在退休后的第五年，在那个雷电交加的夜晚，电视机爆炸后的十个小时之内，因为自己的无知和任性，离开了这个充满诱惑的世界，却害苦了春春。

春春的男人赶回来了。

六个月后，春春出院了，她的头肿得有脸盆大小，脸上和头上套着一块大毛巾。当她走下车，走进家门，男人让女儿叫"妈"时，七岁的女儿却执意不肯叫，嘴里直嚷嚷："那不是我妈妈！那不是我妈妈！"那一刻的春春想死的心都有了。

连孩子都不能接受她的模样，时间长了，男人接受得了吗？是的，春春的担心不是多余的，她是个女人，在烧伤毁容后第一件想到的事，就是男人会不要自己了。哪个男人会长久面对一个"鬼"妻呢？从额头到脚，春春已体无完肤，除了遍布全身的疤痕，还有满心忧伤。原本修长白皙的双手，现在从手指到半个手臂只有一层灰色的、布满伤疤的薄皮，紧紧地、无奈地裹着。一眼望去，那双手简直就像一双死人的手，令人想起《西游记》里的白骨精。

接下来的三个多月，春春就用那双手，拒绝了不知多少次男人为她精心准备的汤水，打碎了多少碗——她想自杀——绝食。没有了曾经引以为荣的容貌，她活着还有什么意义？连女儿都不敢认她，还活着干什么？她不敢想象以后被男人背弃的那一天。可男人从不恼，一直耐心地对她，温柔地对她，在她耳边深情地说："你在我心里永远都美，何况你是为了我的血脉，为了救我们爱情的结晶才牺牲了容貌，我会爱你一辈子，不变！"她感动了，心渐渐软化了，不再绝食，但从此再没出过大门。

男人又要走了，他是火车司机，要去上班，他每次回来时，都会给春春和女儿带些小礼物。

现在的春春，越来越盼望男人能早早下班陪着自己和女儿，只有见到男人回家，她才安心。

这次男人去的时间有些长，半个多月。回来时，依然带了她们的礼物。等放了学的女儿一回家，给女儿买的礼物已打开放到桌上了，那是一盒生日蛋糕和一对大大的抱着的小熊玩偶。女儿最喜欢玩偶熊，以前有一个，却在那次事故中烧毁了。

男人和她高兴地望着女儿，一起为女儿唱生日歌，女儿看着那对可爱的玩偶熊，低下头，从小书包里取出一样东西，用小手郑重地放到春春手里，那是一张纸，上面用几种颜色的水彩笔写着一行字："你是天下最美丽的妈妈，我永远爱你！生日快乐！"

春春看着这张纸条，眼睛湿润了。这天也是她的生日，她和女儿是同一天生日。这是她收到的最好的礼物！

刊于《邯郸文化》2016年第9期和第10期

刊于《飞天文艺微刊》2017年4月

平安塔

冬坪村有一座宝塔，两百多年了。

冬坪村的年轻后辈一个比一个有出息，有经商的，有从政的。你想，这对那些一辈子面朝黄土背朝天的父母来说，是多么荣耀，当然，也成了全村的荣耀。村民大言不惭地说："冬坪村的风水这么好，全因为那镇村的宝塔，而且，宝塔下面有一宝物，据说从修塔时就埋在塔底，灵着呢！"

人怕出名猪怕壮，冬坪村宝塔下有宝物的传说就像长了翅膀，飞了好多年。一天晚上，雷电交加，大雨压得村民都不敢出屋，早上，有人发现，塔底出现一个新挖掘的大坑。宝物，被偷走了！

宝物被盗，冬坪村的人无不恨得牙痒痒，可也无可奈何。说来也巧，就在宝物被盗的那个夏天，冬坪村两月内死了七个人：老赵头大清早去园子里摘菜，一跟头栽了下去；尤老二晚饭喝了酒，刚踏出门槛，便跌到门口那条小沟里，再没爬起来；苗苗骑摩托车前两分钟还在和大婶讲话，一上车没跑出三米，迎面便被撞了；还有在外打工的福儿……接二连三的厄运把冬坪村的人吓蒙了：难道真是宝物动，风水也动了吗？冬坪村的人百思不得其解。

冬坪村的人决定把宝塔重新修缮一下，再在旁边修一间土地庙。决定让全村的人都募捐，得到的款项用来修缮宝塔，村人必须常祭拜，祈求平安。可有人提出，要重新修缮宝塔，必须先修路，因宝塔靠近河边，全是窄窄的田坎路，很不好走，尤其是雨雪天。这人便是冬坪村的首富——赵顺。

"要修塔，先修路。"有钱就是老大。赵顺历来说话比村支书还有魄力，所以，修路，各家各户募捐，就这样定了。

于是，每天大清早，村口便会出现几个人，那是赵顺和村委会的人在挨家挨户募捐。村民都很支持，两个月过去，已筹集了好几千元钱。这天下午，赵顺把村委会的几个人邀请到家里吃火锅，发话了："这点钱怎么修路？还不够修一个茅坑。这样吧，我带头先捐五千元，除了家庭特别困难的自愿捐多少就捐多少，其余的由村委会排出名单，人均两千元。路要修，就要修好；塔要修，就要让它千万年不倒，保佑咱冬坪村世世代代平安。"

听了赵顺的话，大家都没出声：老大的话说得好啊，不能让冬坪村的风水有变，不管怎么样，先修路是大事！

于是，半年后，经过村民紧锣密鼓地施工，通往宝塔的路和宝塔在一阵欢快的鞭炮声中完工了。站在山头上，在清悠悠的河水相接处，一条宽阔的大道呈现在眼前，让人一望便觉得无限舒畅。

修缮后的宝塔，在村民心中变得更加神圣，几乎谁家有个啥事，都会带上香纸前去叩拜。宝塔的香火盛了。可又一件新鲜事出现了，赵顺要租靠河边几十亩的地，要修吊脚楼、钓鱼池、停车场，要把河边开发成一个大型农家乐，初步计划租期为五十年，而且，那几十亩地无形中把才修的新路和宝塔那一片给连进去了。此消息一出，全村哗然！

冬坪村的河边似一个天然的大草滩，河水及膝盖深，春绿秋黄，是冬坪村世世代代玩耍的乐园。冬坪村的人，谁没有在那草坪上打过滚，翻过筋斗，如今赵顺想把它变成他的农家乐，村民不乐意了。

村支书站出来说："建农家乐是好事，能解决村里部分人的就业问题，再说了，这赵顺叔是在给咱村长脸，要支持才对。"

可村民却说："五十年的租期，那时可能冬坪村就要改叫赵坪村了。五十年后的事谁能知晓？而且，还连上这新修的路和宝塔，这不是想断了咱村人的命根吗？往后谁想去宝塔，还得先给赵顺香火钱不是？不成！这事绝不能成！"村民异口同声。接连几个星期的村民会，村委会的水泥地上丢满了烟蒂。看来，赵顺要租地办农家乐的事还真拿不下来。

可这人是赵顺啊！

在一片异议声中，赵顺还是顺利签下了合同。开始动工了，河边那条新修的路上，每天大车小车运进各种工程材料。而且，宝塔前方也堆放了很多材料，听说要修一个小亭子用来收费，凡上香者都要买票。

村民抗议了："这算咋回事？越来越不是事儿了！"于是，抗议开始了，且愈演愈烈，不出一个月，赵顺的计划濒临破产，已运进的材料风吹雨淋，想运进的材料不能运进那条新路，村民集体牵手拦在那儿，日夜换班，想开工，门儿都没有！

就这样，僵持了好几个月，赵顺多次沟通无效。在一个大清早，他说出了令全村人震惊的话："凭啥不让我开工？不是我那天晚上冒着暴雨在宝塔下挖那么大的一个坑，你们能想到修路修宝塔吗？"

树　女

树女是她的名字。

快五十岁的她是姐妹中的老大。据说，旧时是媒妁之言，父母之命。她的父亲结婚那天，新娘都进屋了，拜堂的时候，却找不着她的父亲，原来她的父亲怕羞，悄悄爬到门口的一棵大树上死活不肯下来，但是母亲却在第二年就欢欢喜喜地把她生了下来，故取名树女。

许是沾了父亲新婚爬树的仙气，长得跟灯笼树上的灯笼花似的树女，性子直爽、泼辣好强，还生了一张巧舌如簧的嘴。不管男女老少，谁招惹她准没好处。这不，那天老父亲住院了，要报销医疗费用，但是要再开张证明，树女去找医生，偏那医生又忙，让树女等了两个多小时，待她再催时，医生说电脑出问题了，单子打不出来，拿着碗要去吃中午饭。这下树女火了："我好歹也等了你两个多小时，你一句机子坏了就把我打发了？你说得那么轻巧？一会儿忙这一会儿忙那，这没出院你们知道收钱，出了院你们就连开证明都没时间吗？这台机子坏了，你不会到别的机子去给我想想办法？"

劈头盖脸的一顿呵斥，弄得那医生面红耳赤，恭恭敬敬地把单子打好给了她。旁边认识树女的人乐呵呵地对医生说："你呀，招惹谁不好，偏惹她，这可是有名的火辣子（白杨树上的毛毛虫，只要接触人的皮肤就会又痒又疼，难受至极）。"

树女从不怕谁，但最近一见人就愁眉苦脸地倒苦水，说待在办公室难受，别人听了直乐呵："你树女也有怕人的时候？"

原来，最近单位来了一个临时工，是一个部门经理的妹妹，就在树女那个办公室，来了还不到半年，三天两头给树女脸色看，还时不时出言不逊，说起话来能让树女气上几天。偏偏树女的老公就在这个部门经理的手下做事，弄得树女上也不是，下也不是。这天，中午吃完饭，树女想练练嗓门儿，便在办公室吊起嗓子来。几个同事听得高兴，就调侃说树女是宋祖英第二，明天单位办晚会，要推她第一个出场来独唱。这时，坐在椅子上一直沉默的部门经理的妹妹突然拿着一本书猛拍桌子，对着树女大叫："有什么了不起！有什么了不起！就你能耐！就你能耐！"大伙儿一下愣住了。

树女看着她，莫名其妙地说："没和你说啊，你怎么老冲着我啊？"树女话还没说完，部门经理的妹妹一下子风一样冲出办公室，扔下一脸惊愕的大家。

没多久，单位的人都知道了，平日里的火辣子树女遇到克星了，真是一物降一物啊！对快人快语的树女怀恨在心的人都暗暗窃喜，知晓树女脾气的同事却在暗暗担心，怕有一天办公室会发生大战。

三个月过去了，日子还是那样，磕磕碰碰地过着。但不知从哪一天早上开始，同事们发现树女每天都给部门经理的妹妹打早餐，主动给她指点工作中的问题，还经常把自己不能穿了的漂亮衣服送给她，把她照顾得无微不至。同事们看着这一幕幕，心里早拧成麻花了，实在拧不动了，有一天趁着部门经理的妹妹请假，把树女堵在办公室问了个仔细。

原来，树女实在憋不住了，主动去给部门经理诉苦。部门经理便老老实实地跟树女说了，他的妹妹曾是精神病患者，性子要强，自小读书成绩好，一直到高中，可就是没考上大学，就此心里想不开，后来好不容易出嫁了，对方却腿脚有残疾，家里条件也不好。部门经理给领导说了很多好话，才让她来上班，虽然她病好些了，却仍然不能遇见有优越感的人。

听了树女的话，同事们沉默了，渐渐地，部门经理的妹妹的桌上经常堆放着一些礼物，大到床上用品，小到一包巧克力。部门经理的妹妹脸上开始绽放出笑容，同事们突然发现，原来她长得挺美，笑起来可爱极了，有张曼玉一样的两颗兔牙。而树女呢，除了对部门经理的妹妹温柔，对其他同事依然快人快语，可再也没有一个人在意了。

刊于《湘乡文学》2016年第3期

下　山

三十八岁的瘫子要下山了。这是他三十八年来第一次下山。听说，南哥的小车子正停在他家门口等着。

崇山很美，春天满山野花扑鼻香；夏天山上有溪水，清悠悠的；秋天漫山遍野都是红枫叶，不亚于北京的香山；冬天寒冷，但村民却有足够的柴火过冬，可是，崇山山高，而且陡峭，缺水，所以崇山村很穷。离市区四个多小时，山下是繁华的市区，山上是一片宁静的世界。没有十个胆的人，是不敢开车上崇山的。

瘫子从小生活在崇山里，他没有名字，却很出名，村人都叫他瘫子，因为他屁股坐在地上，用手撑着走，由于双腿天生畸形短小，便练就了一双铁爪。一双手看上去像钢爪，没有肉，只有皮，是一双脏、黑、瘦、硬的骨头手。瘫子的老母亲从里屋找出一件很旧但干净的夹衣给瘫子换上。瘫子很兴奋，他"噌噌"像猴子一样用手爬上梯子，到阁楼取出一双解放牌胶鞋，示意老母给他换上，他从没穿过鞋子。

南哥耐心地等着，和他一起来的还有市电视台的一位记者，记者非常感兴趣地把这一切拍摄下来。要上车了，南哥帮着瘫子的老母亲把瘫子抱上副驾驶。村支书拿着一挂早已准备好的鞭炮"噼里啪啦"放开了，炸得围观的村民直往后退。瘫子的脸上绽放出从未有过的笑容。

"瘫子走好运了！"村民边看边说。

车子开动了，瘫子看着开车的南哥和两旁直往后退的山峰，真不敢相信这是真的——他出山了。他遇到南哥这个好人，要带他去看一下大山外面精彩的世界。瘫子第一次见南哥时是在家门外的小路上。那时，南哥和几个人背着那个叫什么帐篷的东西，看到了用手撑着走路的他。

一路上，瘫子好奇极了，也紧张极了！南哥温和地告诉他不要怕。南哥的车停在一家宾馆前，他是这家宾馆的老板。

南哥打开车门，和服务员一起把瘫子抱下车，又把他放在餐厅的椅子上。餐桌旁，早已坐满了等待多时的南哥的好友们。

南哥打开了珍藏的葡萄酒，给瘫子倒了一杯，可诚惶诚恐的瘫子不敢喝，他只知道酒是白色的，可那是红的。众人高兴地边吃边和瘫子打招呼，说南哥做了一件大好事、大善事，把只有一面之缘，三十八年从未下山的瘫子接到城里去见世面，这叫积德。

瘫子在城里好好地玩了一个星期，到哪儿都有人拥着，有南哥陪着，有记者跟着。南哥带瘫子参观了市博物馆，看了市里规模最大的演出，吃了从未吃过的海鲜。瘫子高兴极了，他怎么会有这么好的运气，能遇到南哥这样的大好人。这些天看到、听到的，都是他永世忘不了的。临走时，瘫子要给南哥磕头，南哥笑着拦住他，对他说，以后每年的今天都会上山接他。

瘫子要回家了，南哥开着车把他送回山上，村支书带着一村的老小列队欢迎南哥。南哥给村支书留下电话号码，给瘫子的老母留下一些钱，叮嘱他们好好照顾瘫子。从此，瘫子枯燥的日子便有了期待。

南哥把瘫子送回山后就回到市里，便成了名人企业家。电视台的记者把这几天的事情做了一个专题系列连续几晚报道，全城的人都知道了南哥对瘫子的善心，全城的人看到了瘫子的那双"钢爪"。市长接见了南哥，把他的宾馆定为市委接待宾馆之一；市志愿者联盟会推选南哥为会长；市工商会把南哥推为……

南哥出名了，宾馆生意爆好，很多外地人在新闻上看到关于南哥的好人好事，来到市里都会到南哥的宾馆住宿。南哥一跃成为红人，并荣幸当上了政协委员。

大山上的花开了又谢了，草绿了又黄了，树叶长了又落了，瘫子坐在门口望着大山，他很想念南哥，很怀念那次下山的经历，可陡峭而空荡的路口，却再也没有出现过南哥的身影。

村民都对瘫子说："别看了，你这辈子能下一次山就行了，算你有福分了。"瘫子听了，心里和那望着的路口一样，变得空落落的，南哥失约了。

南哥因做慈善出名了，盼望已久的委员也当上了，他眼睛又瞄上了下一个目标。

恩　人

　　烧烤店开业一个月了，生意红火得不得了！望着满堂的宾客，丁仔和义哥站在店门口相互点烟，心里乐开了花。

　　丁仔往义哥身边凑了凑，得意地笑着说："哎，义哥，怎么样？我说了吧，我的手艺，加上你的人缘，那叫打遍天下无敌手啊！"

　　义哥眯缝着小眼，满意地喷着烟圈。

　　三年前，当义哥媳妇还开着服装店的时候，丁仔来到这座小城。开了一家有老家特色的烧烤店，烧烤店和义哥的服装店相邻。每天，义哥的店收入中的三分之一都用来支持丁仔的烧烤店了。他带着媳妇，成了丁仔开业的第一位客人。因为烧烤的味道好，而且丁仔见人总是一脸笑，还勤快、嘴甜、朴实，成天"义哥义哥"地叫着，甚至有时夜深了，还来敲义哥店里的卷帘门，拉着他去喝酒，两人的友谊慢慢就加深了。

　　义哥是本地人，在单位也算有些小脸面，经常帮丁仔解决"水土不服"的问题。丁仔记情，将义哥当作恩人。以至于后来丁仔因家中有事，转店回老家，义哥的媳妇还对丁仔和丁仔的烧烤店念念不忘。

　　当丁仔携妻带子再次出现在义哥两口子面前时，义哥正逢服装店亏损不堪。丁仔的到来，无疑是一抹惊喜。

丁仔说："这次，我还带了帮手。"

看着丁仔美丽的老婆，义哥和媳妇做了一个惊人的决定，将花了全部心血装修且签有十年合同的服装店改为丁仔烧烤店。

合作就这样开始了。

义哥为人豪爽大方，有不少要好的朋友，服装店改为有特色的烧烤店的事很快传遍了。这吃的东西就讲究一个味道，有了味道，人气很快就又被聚拢了。义哥人如其名，挺讲义气。每晚，义哥只要往店里一站，总免不了请几桌，账全记在他的头上。到了月底，钱赚得不少，每人能分一万多元钱，可义哥还得从平分的钱里把自己签单的钱付出来，多则一两千块钱，少则几百块钱，这样，他每月的收入明显就少了，但丁仔从不说一句话。

时间一长，义哥的媳妇就有看法了。碍于面子，她只悄悄对义哥说："这签单请客要控制，而且，这免单是为了店里有回头客，钱理应要丁仔也承担一半，既然是合伙，就得事事讲个公平才是啊！"

义哥有些不耐烦："女人就是喜欢鸡啊鸭的，头发长见识短，我给客人免单，要丁仔出什么钱，没有他的技术，能有这么好的生意？你甭管！"媳妇听了，也不便说什么了。

烧烤店的生意一好，请人手是免不了的，但丁仔提出，不能从本地请，带徒弟也只能带他老家的人，而且所有的食品配料全是他独自一人在房间里配制，还笑着说是天机不可泄露。义哥和媳妇尊重丁仔的意见，没多日，丁仔便从老家请了十几个人，每天下午六点开门，凌晨三四点才打烊。做生意真的辛苦，尤其是做烧烤生意，义哥的媳妇素来身体不好，受不了那种倒转生物钟的生活，时间一长，去店里少了，只在月底分账时去一次。

一天，义哥的媳妇的几个好朋友吵着要她请客吃烧烤，完了义哥媳妇走到吧台去签免单，谁知吧台服务员迟迟不让签，说是要老板娘同意才让签。

义哥媳妇说："我难道不能签单？这签单的钱不是每月都从平分的钱上扣除吗？"正僵持着，丁仔的老婆从楼上款步下来，轻轻地眨了一下眼睛，那服务员才把单子送到义哥的媳妇面前。

这事过后，义哥的媳妇在家和义哥大吵了一架："宁愿不要那钱，也不愿受这气，就算他丁仔出技术，可每年房租都是咱们交的，凭啥？"

大吵之后，义哥的媳妇再也不去店里了。

一山不能容二虎，店里只能有一个主说了算。此后，义哥干脆把店交给丁仔了，自己每天安心上班。三个月过去了，丁仔一直没有和义哥分钱，义哥很奇怪，一日，来到店里找丁仔取钱。丁仔犹豫了好一阵子，从楼上取出三千块钱递到义哥手里。

"这还不够一个月分的，可已经有三个月没分了呢！"义哥说道。

丁仔转身欲走，说了一句："义哥，人心都是肉长的吧？你们这些时日没一个在店里打理，我和我老婆每晚忙了楼上又忙楼下，忙得眼睛都散花儿了！再说，这几个月生意不好，只能分这么多！"

义哥没等丁仔转身，一只茶杯便从他手上摔了出去，溅在门上四散开来："散伙！"他吐出这两个字。

当义哥回家告诉媳妇散伙的事时，"散，缘于聚"媳妇轻轻地说了这么一句。

搬　迁

　　老街要搬迁了，人们奔走相告，听说政府要传承老街的繁华历史，要将这里打造成民俗文化一条街。

　　这确实是一条百年老街，因为它老，所以仅从外观上来说，就已经非常老了。因为它老，所以街上什么都有：各种摆地摊的江湖郎中、算命先生、二道贩子、卖菜的农民，还有偶尔过路的车子，以及街外洗菜的餐馆、街边拼战的麻将桌、小巷口跷着二郎腿且嘴巴涂得血红的早已人老珠黄的女人、保持着20世纪六七十年代特色的剃头店、糊师傅正宗米酒、不时跑到路中间打滚晒太阳的狗。这条街曾经最热闹，如今却最闲，闲人闲事闲逛，古老的隔火墙的檐上常常会有两三只公鸡在屋顶上"巡查"，如果没有主人的长竹篙，它们是绝不会下来的。

　　街两边没有多远就是一条幽深的巷子，巷子里边都是木板屋，进去都是磨得平、光且硬的天然土疙瘩路。巷子的中间有一个天井，这是巷子唯一可以见到阳光的地方，天井边上的那口水井边，每天都充斥着洗衣棒和洗碗洗菜的交响曲。有时这交响曲响着响着就会跑调，夹杂着大人们的争吵声和孩子被打骂的哭声。

　　田婶和周婶就住在这样的老巷子里，且两屋中间只隔了一层板壁。

　　田婶和周婶是死对头，都说远亲不如近邻，近邻不如隔壁，可她们就搞得像仇人。早上起来在天井洗痰盂，洗着洗着两人就我啐一口痰、你啐一口唾沫，完了各自把木板门关得山响。谁也说不清楚梁子是什么时候结下的，只知道每次周婶在天井洗衣服，田婶的男人出去洗菜，超过十分钟没回屋，田婶的破铜锣嗓就在屋门口骂开了："你这个砍脑壳的，你要在菜里洗出金子来，你才回屋是吧？"

田婶男人赶紧红着脸端起菜盆钻进屋，扔下周婶一人低头使劲搓衣服。

周婶男人常年不在家，听说在一个煤矿做事。田婶男人是个热心肠，总喜欢帮周婶的忙。周婶眉眼温柔，人也温柔，只要玉口一开，温柔的声音就撩得男人们心里痒痒的。这样的女人谁都喜欢，就田婶不喜欢，她简直是恨透了！她怕周婶身上的那根柔绳把自己的男人系了去。头发长、见识短、心眼儿小，田婶男人有时在屋子里逼急了就会骂她这几句。巷子里的人都知道，背地里都嘲笑田婶。

女人间的梁子最容易结了，一个眼神、一件漂亮衣服、一句话，都可让女人之间产生矛盾，尤其是在本就看不惯的人的身上。周婶男人好不容易从矿上回来，给周婶带回一件绣花的紫外套。周婶在巷子里一天要多走两个来回，瞥见田婶还故意娇声咳嗽两声，弄得田婶往家躲都躲不过。田婶心里更恨周婶了。谁叫自家男人没工作，两个孩子的嘴都顾不上呢，还哪有闲钱给自己买衣服？

就这样，说不出的缘由，田婶和周婶虽住在一个巷子十多年了，却抬头不看低头也不看，比陌生人还陌生。

有一天，传来消息，周婶男人矿难死了，连身子骨都没挖出来，周婶身边就剩一儿一女了。周婶哭了，哭声很难听，小巷子的人都哭了，可田婶没哭，只是在家对着窗户眼儿使劲瞅着那些围着周婶哭的人。

拆迁令下来了，整条老街的人都要搬，每条小巷的人都要搬，搬到各自的东南西北，这一别可能有些邻居会见面，也可能有些一辈子都见不着了。

小巷的人陆陆续续地搬走了，只剩下田婶和周婶两家，终于，田婶也搬了，她把所有东西搬上车，望了望远处看着他们的周婶，低头从包里取出三双大小不一的早已做好的毛绳棉鞋塞到她男人手里，朝周婶站的那边努努嘴，男人抱着毛绳棉鞋，朝周婶走去……

捡 包

阿叶捡到了一个包。

下岗后的阿叶，做完家务除了上网，就是站在阳台上望着楼下的巷道发呆。

每天看巷道来来往往的人，看他们走路，听他们的声音从楼下清晰地传上来，传到她的耳朵里。她已经习惯了。

可是这天下午，她发现两个身穿同样藏青短T恤衫，理着平头的后生，一个蹲在巷道东张西望，一个蹲在楼下，也没见他们说话，大约过了半个小时……

阿叶有些怕，赶紧从阳台上缩回脑袋。这段时间电视里新闻老说什么小区住处附近有人晃悠，坏事做尽，这两个人该不会是吧？他们是两个新面孔啊。

那两个后生不知什么时候从阿叶的视线中消失得无影无踪，阿叶想跑到楼下去看看，因为楼下有一间屋子是她家的杂物间。

一下楼，阿叶愣了，她看见自家杂物间门口的柱子边有一个包，一个墨绿色的女式挎包，款式很洋气。阿叶扭头看了看四周，确信没有人注意她，连过路的都没有。

她小心翼翼地走过去，阿叶心想，这可能就是常听说的偷包，分赃，再扔包。

阿叶弯下身子，果然，拉链是开着的，里面凌乱不堪，化妆品、纸、钥匙、银行卡、一个小本子……对了，还有一张身份证。阿叶好奇地数了数那些银行卡，总共有十七张。阿叶又仔细看了看那张身份证，大吃一惊，这不是张丽兰吗？张丽兰小时候在阿叶母亲的班上读过书。原来这是她的包，里面的钱都被拿走了，可身份证和银行卡丢了的话补办该有多麻烦啊！得找到她，让她知道包在这儿。这么一想，阿叶赶紧在包里翻找能联系到张丽兰的任何蛛丝马迹，她想起包里的那个小本子，打开小本子，看到前面一页记有三个电话号码，当阿叶一个一个把电话拨过去时，三个电话那端的人都是焦急万分。

阿叶放下手机，出了一口气："没想到今天做了一件好事，还是多年没见的小学校友，这忙要帮。"

十分钟后，一辆小轿车停在阿叶面前，张丽兰和另外两人跳下车，直奔阿叶面前。没等阿叶说话，张丽兰便伸手拿过阿叶手里的包："啊，是！是我的包！"她低下头，焦急地在包里翻找起来，"卡都在！他们拿卡没用，身份证也在。好，幸好！都不用补办了，只可惜了那几千块钱，该死的小偷，比抢劫的还厉害！当时堵车，车窗开了一半，一转头包就不见了！"张丽兰悻悻地说道。

看了看阿叶，声音婉转了些："谢谢你，几十年不见，原来是你。"

阿叶微笑着说："不用谢了，都是校友，更应该帮忙的。"说毕，转身欲上楼。

突然，张丽兰一声惊呼："哎呀！我的白金项链也不见了！这包里有一个不易察觉的口，我把项链放在里面的，花了两万多啊！你等等！"阿叶被叫住了，"你就住在这楼上？"张丽兰问阿叶。

"是啊，怎么？"阿叶不解地问。

"你刚才看到我这个包时，肯定也打开看了的，对不对？那你有没有看到我那条白金项链呢？"张丽兰眼里不知何时多了一丝警惕，"你怎么会知道有一个包在这里呢？"

"我看到了那两个人……"阿兰没料到事情会发展成这样，便说道。

"那两个人？你怎么会觉得他们是坏人，你怎么知道他们在销赃？"

"我……"阿叶顿时被张丽兰问蒙了，看着张丽兰越来越凌厉和怀疑的目光，她不知道该怎么回答。

"再说了，我的身份证和项链都放在包最隐蔽的夹层里，身份证还在，那条白金项链怎么就没有了呢？"刚才还充满感激目光的张丽兰，目光突然变得犀利起来，没等阿叶说话，就喋喋不休地说，"老同学。咱们几十年没见了，没想到你会变成这样！生活再困难，也不能没了做人的尊严啊！算了，算我倒霉，就算破财消灾吧！什么老同学，得了吧！"张丽兰说完走向车子，生气地关上车门，车子开动了。

阿叶只觉得一股夹着浓烈汽油味的黑烟喷在脸上。她闭上眼睛，眼泪滚落下来。

之后的几天，阿叶一直郁郁寡欢。这天星期六，高中寄宿的儿子回来了，一进家门就告诉她一件事："在操场捡到一个钱包，现金和发票一大堆，我交到教务处，一个多月后，失主领了。"

阿叶忙问："那失主知道是你捡的吗？谢了你没有？"

儿子头一甩："我交到教务处就得了！要别人谢啥？再说了，做事只要对得起自己的良心就行了！这是您常教育我的，忘了？"

阿叶一听，忙不迭地去厨房给儿子弄菜去了，惆怅的心情突然间不翼而飞了。

兰　蓝

　　小街沸腾了！

　　听说小街南街和北街的两个叫花子相好了，北街的女叫花子都怀孕了。

　　小街小，要知道，这两个叫花子，常年衣衫褴褛。男的一年四季脸都是黢黑的；女的傻乎乎的，常年都是鼻涕口水直流。看到他俩坐在银行台阶上挤眉弄眼，人们是好气又好笑，纷纷从家里拿些厚棉被和衣物放在他们面前，可他俩正眼也不瞧一下，依旧凑近摆弄他们那些家什———一个脏脏的布包和一个烂口袋装着的棉套。

　　兰蓝望着这一切，默不作声地帮婆婆收摊，动作比平常快了一些。回去的路上，婆媳俩一路无言。

　　是啊！连流浪的人都能怀孕，兰蓝结婚都七年了，肚子还是瘪瘪的没有动静，不说三代单传吧，只有这一个独苗，谁不想抱孙子？兰蓝小心地瞄了婆婆一眼，见婆婆的脸黑得像包公，不由得在心里重重地叹了口气。

　　回到家时，丈夫蒙蒙忙给母亲端去一盆水洗手，淡淡地对兰蓝说了一句："吃饭吧。"说完便去厨房盛饭了。

　　兰蓝心慌意乱地把饭扒拉完便去阳台收衣服了。楼下隐隐约约传来婆婆和公公说话的声音，然后，兰蓝听到大门哐当一声，蒙蒙摔门而去的身影越走越远。

要过年了，家家都在忙着，兰蓝却对蒙蒙说："咱们离婚吧。"

就这样，兰蓝什么也没要，提着一包衣服净身出了那个令她失望的家。

爱情本来就和婚姻是两回事，而且，没有孩子的婚姻更不长远，爱情？兰蓝苦笑了一下："只不过是婚前的一个梦罢了！"

蒙蒙很快找了一个乡下媳妇，并生了一个儿子。喜讯传到兰蓝耳中，她只淡然一笑："这世上本没有爱情，女人只不过是中国大多数家庭的生育机器而已。"兰蓝走了，她彻底告别了过去，去了上海。

"有心栽花花不开，无心插柳柳成荫。"兰蓝在上海再次迈入婚姻的殿堂，而且，说非兰蓝不娶的人，不论从学识、人品都远超蒙蒙，此人还是一个地产商。兰蓝嫁了，生下一个女儿。兰蓝喜极而泣，原来上天是仁慈的。她给女儿取名天赐。

再婚后的兰蓝很幸福，一心相夫教子的她把女儿培养成了一名充满朝气的研究生，之后在一家外企工作。但自女儿长大以后令她担心的事情发生了——女儿自由恋爱了。她看上了一个自己开小公司的年轻人，而且学着她爸爸当年非兰蓝不娶的精神，非那年轻人不嫁。兰蓝气得呀，这嫁人是想嫁就嫁的吗？母女俩第一次闹起了冷战。

女大是不由娘的，兰蓝的女儿和未来的女婿爱得死去活来。终于，先斩后奏，女儿和未来的女婿有了爱的结晶，女儿和女婿双双跪在兰蓝面前说要奉子成婚。兰蓝看着女儿坚定的神情，和自己年轻时嫁给蒙蒙时的神情一样，只是，自己是婚后七年没怀孕，而女儿，是未婚就先孕了。她想，女儿应该不会步自己的后尘。她终于点了头。

婚礼隆重而热闹，所有的亲友都来了。当女婿的父母千里迢迢赶到上海，站到兰蓝面前时，兰蓝突然愣住了，那女的兰蓝不认识，可旁边那男的，分明是兰蓝曾经相伴了七年的前夫蒙蒙。

特殊的礼物

又到了教师节，一早，张老师精神抖擞地走进教室。她知道，讲台上肯定又是鲜花簇拥了。这年代都时兴送花。

果不其然，讲台上堆满了鲜花！她小心翼翼地捧起来放到一边，准备下课了再去整理。

突然，一大包红纸吸引了她的目光："奇怪？那是什么？"她看了看讲台下，几十双眼睛都炯炯有神地盯着她呢。这些孩子，她暗笑，决定当众打开。

"一包粉笔头！"学生们发出一声惊呼。是的，一包粉笔头，五颜六色。可张老师觉得一点儿都不奇怪，不就是粉笔吗，天天打交道的东西，只是，有种似曾相识的感觉。为什么特意用红纸包着送给自己？她想问一问。

"谢谢同学们的心意，但是我想知道，这份特殊的礼物是谁送的？能自己举一下手吗？"

教室里静悄悄的，没有一个学生回答。同学们不知道张老师是高兴还是生气。

"是我。"半晌，一个弱弱的声音传进她的耳朵。第四组第六排的男同学李俊胆怯地望着她。李俊是班上数一数二的"老油条"。

"哦？为什么呢？"她笑眯眯地走到他面前。

"这些都是妈妈平常洗衣服时从我的口袋里掏出来的，还问我为啥天天拿老师的粉笔。"

"你怎么回答的？"她好像有点明白了。

"我对妈妈说，这些粉笔头都是您上课时趁我不注意时'奖'给我的，特疼，妈妈就叫我一接到您的'奖赏'就带回家，今天是教师节，妈妈让我一定把这个带给您。"

听了这些话，张老师有点哭笑不得。谁不知道，张老师上课有一手绝活，那就是手上功夫特别好，粉笔头是"独门暗器"，"一阳指"更是威震全班。指哪打哪，精准无比。

只是，这"一阳指"的功夫，到底是隐退江湖好呢，还是继续发挥好呢？望着那一包粉笔头，张老师沉默了。

刊于《小小说家》2016年第5期

刊于《三门峡日报·今日渑池》2016年

清明吊

"婆婆，这个好漂亮哦！"

"是吗？婆婆还会剪好几种呢！"

"婆婆，那我也要剪，好好玩！"

五岁的小玉蹲在婆婆腿边，眼睛盯着婆婆捏着剪刀不停转动的手指。

"你别剪，小心把手指头剪着了。"

"嗯，婆婆，那为什么你拿在手上剪好了，还可以往下扯好长呢？中间是空的，四个圆边有那么多窟窿呢？好怪哦！"

"这叫清明吊。"

"清明吊是做什么用的呀？"

"等你长大就知道了，来，提着这几根小线线，跟婆婆到街上去卖。"

山野间，一丘长满小草的坟边，小玉把街上买的几串清明吊用竹竿挑着，挂在婆婆坟头："婆婆，我来看您了，只是，我不会剪，这清明吊不如您的好看。"

悠悠山路间，小玉往回走着，四十年过去了，每年清明她都会来。突然，她听到风中好像有婆婆的声音在呼唤："玉儿，玉儿，来，提住这几根线线……"她猛地转过头来，却只看见坟头微风吹拂中摆动的清明吊……

第195次相亲

阿强是个小公务员，月收入只有两千多元钱。家里兄弟姐妹五个，买不起房，所以每次相亲都失败了。眼看三十五岁了，还是光棍。这次，同事又介绍了一个二十六岁的女孩。女孩眉清目秀，穿着朴素大方，梳着马尾辫。阿强一看照片就满心欢喜。

相亲那天终于盼到了。阿强站在公园门口，激动地等到了他盼望的姑娘。他热情地请她去全市最好的咖啡厅，女孩淡然一笑："不好吧？太奢侈了！"他又请她去全市最好的茶馆，可姑娘也拒绝了，并提议说去街边的一个小茶坊。阿强心里那个乐呀，是个过日子的好女孩啊！

依着姑娘，两人就近找了一家小茶坊进去坐。

阿强对这个姑娘很满意，而姑娘似乎对他也不反感，阿强问："我喜欢你，如果我向你求婚，你想要什么呢？"

姑娘莞尔一笑："你猜猜？"

"要房？"

"俗！太俗！"

阿强有些欣喜："要车？"

姑娘又撇了一下嘴，阿强觉得心要蹦出来了，这么多次相亲，都是在"房""车"上卡壳。这次老天终于眷顾他了，但阿强还是不放心地问："要项链？名表？包包？"阿强在心里祈祷，这些也买不起啊！

　　姑娘看着他，有些恼了，说："你怎么这么俗气？我是那种势利的人吗？"

　　阿强心里一阵狂喜，看来今天这个相亲八九不离十了，又问："那你到底想要什么呢？你总得说呀！"阿强糊涂了，"要我的心吗？我愿意的！"

　　姑娘一听，哈哈大笑了起来，笑毕，看着阿强的脸，小声问他："问你一个不该问的，你和几个女人同居过？"

　　阿强顿时脸红了："我……我……还是童男呢，你，你怎么问这个？"

　　姑娘一愣："不可能吧？听媒人说，你这是第195次相亲，还是童男？你，你不会是……性无能吧？"看着阿强涨红脸说不出话的窘样，姑娘立马站起身，"没想到，还真是个性无能，活太监！滚！再也不想见到你！"她从牙齿缝里挤出这几个字，愤怒地离去了。

贵族味儿

　　文子的儿子浩浩要放假了，他上的是省城贵族学校。文子整整半年没见着浩浩了，从牵着他的手走进巷子的那一刻开始，母子俩的背影一直被众多的目光追随着。

　　"浩浩，快来吃饭！"桌上放满了文子早已准备的菜。

　　"嗯！好，我正在同学群里发几句话，等等！你先吃吧！"浩浩坐沙发上，从进门到现在，手机就像宝贝一样抱着。

　　"儿子，你就不能把你那'苹果'放放，瞧你，从上车到现在，眼睛就没离开过它呢！"

　　"妈，你知道啥？这就是一电脑，啥都有，上至天文，下至地理，全着呢，我们班用的清一色是这个！"浩浩晃了晃手里的手机，用手拭干净茶几，把手机放在上面。

　　"浩浩，这学期考得咋样？"文子一边给浩浩递过去一碗饭，一边问。

　　"只有一门没及格，其他都上六十分了。"浩浩端着饭碗，筷子狠狠朝糖醋排骨戳去，"妈，吃完饭，给我从包里把那白色的西裤拿出来熨熨，明天我去参加同学的派对，要穿帅点！"浩浩瞥了一眼刚坐下吃饭的妈妈，嚼着香甜的排骨说。

"是哪一门没及格呢？"文子小心翼翼地问。

"英语！我们班好多人不及格，把中国话学好就得了，谁爱学那洋玩意儿？"浩浩不屑地说道。

"在学校伙食还吃得惯吗？"文子欣赏着浩浩吃饭的模样。

"凑合吧！对了妈，你能不能下学期每月多给我些零花钱，你心疼我，不想让我变竹竿的吧！好了，我吃饱了，先去洗澡，等会儿去街上，晚点回来，不用等我，你先睡吧！"浩浩离桌往洗澡间走去。

文子疼爱地看着浩浩的背影，清理着满桌的菜和那吃完了的糖醋排骨盘，一边自言自语："这孩子，读了半年贵族学校，还真多了点儿贵族味儿呢，挺潇洒的！"

打　包

　　刘姐下岗多年，做过很多生意，亏了赚了，赚了亏了，现在在一条巷子口开了一家小米粉馆。用她自己的话说，是怎么都要坚持下去，雷都打不动了。刘姐很勤快，虽然是卖米粉，但是餐桌上经常放着一些炒好了的酸豆角、大头菜丝、腌萝卜之类的小菜，生意很好。

　　巷子里的老姜天天来买米粉，但从不在店里吃，每次都打包带走，还要用一次性塑料袋装一小包大头菜丝和米粉一起提回家吃。如果哪天没见到老姜来买米粉，都是很不正常的事。

　　这天，老姜来后，说要打包三碗米粉，然后取了一个小塑料袋放在桌子上，狠狠地夹了一筷子大头菜丝，这一幕恰好被刚从里屋走出来的帮工大姐看到了，她张着嘴，瞪着眼，想说老姜几句，但看了看埋头忙的刘姐又把话吞下去了。

　　等老姜一走，帮工大姐望了望其他吃米粉的人，悄声附在刘姐耳边说："看那人，又包了那么多大头菜丝，后面来的人想吃都没有了！"

　　刘姐听了帮工大姐的话，往桌上快空了的那只菜碗看过去，眨巴着眼睛沉思着什么。

　　第二天，老姜来了又照样包了大头菜丝，刘姐望了望站那儿对她挤眉弄眼的帮工大姐，继续忙着。

清店时，帮工大姐生气地说："你咋就不说说他呢？这人太贪心了。"

刘姐说："不能说啊！你想，在我们前面还有两家小米粉馆，他却舍近求远，天天跑这儿来，就是因为我们店有开胃的大头菜丝啊！"

刊于《微篇小说》2017年第3期

远去的声音

他提着行李包站在那儿，静静地伫立着，时间一分一秒地过去了。

"林儿。"

他一愣，往前一看，外婆正慢慢地走过来，他欣喜地叫道："外婆，你来了！我在等你呢！"

"傻孩子，我不是对你说过吗？外婆腿有点不方便，走得特别慢，但外婆想送送你呀！"外婆对他笑着，慢慢地走过来。

"外婆。"他走上前，轻轻地拥住外婆。

外婆的身子是那么瘦弱，挂着拐杖的枯干的手牢牢地抓住他："林儿，在外面打工累吗？早点去吧，别误了火车。"

"嗯，外婆，昨天我去给爹妈上坟了，几年没回来，草更茂盛了！"

"是啊，林儿，多看看吧，以后赚了钱，就别再出去了。千好万好，不如自己的家乡好；金窝银窝，不如自己的狗窝啊！讨吃不过本地方，外婆不想你在外奔波了！"

他轻轻叹了口气，看着外婆的眼睛："我把这半年做完了就再也不去了，爹妈去世得早，我不想你一人孤单。"

"没事儿，老了，哪儿也不想去，就只想待在这山清水秀的地方。你安心做事吧，不用担心我的，林儿，我回去了。"

外婆微笑着看着他："我回去了……"

"外婆！"他叫着。

"去吧，去吧，别牵挂我！"外婆说着，闪身进了一个突然出现的门，不见了……

他细看，眼前只有一座冷清的坟头，坟上早已长满青草，坟头下的坟孔里两支香烛已快燃尽了。

难道外婆从这个门进去了？他想着，眼睛突然起了一层薄雾。

起风了，雨开始细细地飘着。他的耳边，回响起外婆的声音："去吧，去吧，别牵挂我。"

刊于《三门峡日报》2016年

生活节目正进行

　　一件轰动青山小城的赡养案火热持续了两年零八个月。原告是一位八十九岁的老人，被告是她的七个儿女。法院判决共同赡养老人已多日，却迟迟不见儿女们执行。为此，青山电视台特邀老人的七个儿女来电视台拍摄专题节目，希望圆满解决此事。

　　通过外线记者传来的视频，大家看到屏幕上有一个满脸皱纹的老人，主持人充满感情地说："今天请你们畅所欲言，大家一起来化解这个问题，让老人能安享晚年。"

　　一个多小时过去了，七个子女各执一词，争执不休，问题难以解决。

　　老大是当地有名的房地产开发商，他的理由是从两岁开始自己就被送给别人做儿子，故没有赡养义务；老二的态度很明确，老大先执行他就执行；老三是女儿，按照当地的风俗，嫁出门的女儿是泼出门的水，她不能开这个先例；老四、老五、老六都是女儿，以此同理；剩下了老七，老七愁眉苦脸地说："开酒店，赔了个精光，吃了上餐不知下餐，哪还能养得起娘？"

　　空气沉闷，调解陷入僵局。主持人苦口婆心地说："你们的妈妈丧夫三十年，为了养大你们，卖过九次血！你们真忍心让老人晚年凄凉度日吗？"一席话，让七个儿女都低下了头。

三个小时又过去，在主持人和嘉宾的共同努力下，儿女们终于达成赡养协议，在场的观众情不自禁地鼓起掌来。

就在这时，外线记者突然传来紧急视频：刚刚发现，老人因为又冷又饿，已在她的破屋里去世了。

滕老汉的病

滕老汉今天心情不好，可他还得笑呵呵的，他觉得一辈子都是这样，心里憋屈，脸上还得笑。

他乐呵呵地挥了挥手，请亲家母和儿媳坐下喝茶。倒茶的时候，滕老汉恨不得那些茶叶全变成巴豆。那可是顶尖的毛尖茶啊，是儿子特意孝顺他的。

他偷偷瞅了瞅那对装腔作势的母女。这事不能对儿子说，绝对不能说，说了，孝顺的儿子绝对不会要他那个媳妇了。

坐在亲家母旁边，滕老汉边笑呵呵地说着话，边不停地用眼瞟亲家母怀里的那只贵宾犬。是的，刚才亲家母一进门，就抱着那只狗，还一本正经地扬起两只狗爪又是敬礼又是作揖地对着滕老汉拜年呢！想滕老汉是何等人物，做了几十年的老支书，就是退休了威风都不减当年。扬着狗爪给他拜年，这不是把他当成畜生了吗？可今天，他只好打落牙齿往肚里吞。

亲家母一走，滕老汉就病了，儿子给他请了十来个医生，都说瞧不出啥病，只开了一点儿中药，开胃的，让滕老汉能有食欲。

过了几天，大儿子心想爹是长期一人在家寂寞了，特意从街上买了两只小狗来陪伴滕老汉。谁知滕老汉一见就火冒三丈，吓得大儿子赶紧把两只小狗送到别处去了。

滕老汉人病了可心里明白，亲家母是一直对他耿耿于怀呢。不就是那时没选她吗？当年老婆生病离世，寡居多年的亲家母看上他的男子汉气度，意欲和他结为秦晋之好，可他却视而不见，挑了同村的一个女人。没料到几年过去，第二任妻子又生病离他而去，落得滕老汉又孤身一人了。也难怪亲家母恨他，孤身几年的他看上去照样精神矍铄。

大儿子最孝顺，可大儿子最怕老婆把窗户打开朝外面大喊："滕大毛打人了……"堂堂刑侦大队队长，让老婆这么一嚷嚷，算啥事啊？况且，每次手伸出去还没挨着老婆身子，她就开始大声嚷嚷了。

滕老汉知道大儿子是妻管严，所以，一个月过去了，他还是忍着没告诉大儿子他被狗拜年了的事。

滕老汉一天天消瘦了，他何曾受过如此侮辱。滕老汉病得更重了，他把两个儿子叫到床前，支撑着身体把自己的病根告诉了他们。

这次，大儿子再也不怕老婆朝窗外撒泼了，他要离婚，理由很充足："媳妇可以再找，老爹只有一个，你娘如此对我爹，你还算是滕家的媳妇吗？"

但是老婆这次没撒泼，她有些理屈，虽然她平时连喊也不愿喊滕老汉一声，但她也知道滕老汉这些天病得厉害。可她舍不得离婚，丈夫是当地威风凛凛的人物，离了婚，这样的人再到哪里去找？再说了，一个离了婚、年龄又老大不小的女人……她不敢往下想。她头一回敛声屏气，怯怯地说了一句："为这点小事生气，值吗？把咱妈叫来道歉就好了！"

亲家母急急忙忙赶来了，站在滕老汉床前，当着女儿女婿的面，后悔万分地说："都怪我！如果那天进门前把狗放下来就好了，可偏偏它那时撒了尿，我举着它，是想别让那尿溅到我的大衣，我那大衣花了三千多块钱呢……"

听了这话，滕老汉紧皱着的眉头舒展开来。没两天，病竟奇迹般痊愈了。

刊于《涡河》2017年第1期

草尖儿的露水

小村小，站河对岸喊都听得见。

河两岸的荷婆和马爷喊着喊着，就喊到了"一起"。一个男人刚死三个月，一个女人已死了三年。

荷婆今年七十五岁，马爷今年八十三岁。

荷婆勤劳，经常下地劳动，每天一大早就顺着小河边绕到地里去；马爷勤劳，养着牛，每天清早就要到小河边草多的地方去放牛。

河中间有一座木桥，有一天，荷婆从地里扯了些红萝卜准备背给马爷，一个趔趄，连背篓带人都栽倒在及时赶到的马爷的怀里，荷婆的脸红得哟，就像那背篓里的红萝卜。

风，突然停住了，天是那么蓝，水是那么清，草是那么绿。

乡下的空气是清新的，就像草尖儿上的露水。

荷婆和马爷的心思，也像那草尖儿上的露水，滑亮滑亮的。偶然一天，有人在天蒙蒙亮时起来撒尿，撞见马爷从荷婆家里背着手、唱着梆子戏走出来。后来，撞见的人多了，就不新鲜了。

纸包不住火，待马爷的儿子儿媳和孙子从外地打工回来，纸里的火已经蔓延到了全村的各个角落。马爷一不做二不休，干脆和三个儿媳摊上了："我要和荷婆过日子！"

三个儿媳发狠说："要出了这门，就别怪我们不收尸！"

荷婆的儿子也不是省油的灯："要出去行，把房子留下！"

于是荷婆逢赶集悄悄买了包老鼠药，却被孙儿发现扔了。

正月十五刚过，又是外出打工的时间了。一大早，村里人震惊了！马爷带着多年的积蓄，把老房卖了，带着荷婆到贵州的深山里定居去了。

刊于《微篇小说》2017年第4期

彩虹妹妹

有彩虹的天空，是美的。

有彩虹的村庄，是最美的。

她是村子里的彩虹，很美。她的名字不叫彩虹，可他从小就叫她彩虹妹妹。

打小，有彩虹的日子，就会有两个追着彩虹奔跑的身影，他们在田野留下快乐的声音。

他和她，在奔跑中渐渐长大了。

女大十八变，她俊俏。他也长成了后生娃。她家缺少劳动力，他便隔三岔五去帮她。村里人一切看在眼里，却不说破。

她家穷，父亲早亡，母亲改嫁，扔下她和患癫痫的哥哥。

他一毕业，家中老母就四处为他张罗合适的姑娘，说什么早成家，早生儿子，早得力。他不想，不愿意，心里想着他的彩虹妹妹。老母说啥也不同意，说媳妇长得太好看了守不住，找个丑的安稳，何况，她还带着一个患病的哥哥。

他不听，凡是相亲的人一律不见。老母以死相逼，让他乖乖成亲，女方是那种万绿丛中最不起眼的一点绿。

他成家了。

她走了，去了一个从未去过的大城市。

往后的日子，只要天空出现彩虹，他便会放下手中的工作，痴痴地望着，直至彩虹从天际慢慢消失。

三年后，她回来了，遇见村头挑一担粪去浇菜园的他。她随手从包里掏出一万元钱给他，还有一双名牌运动鞋，说是专门给他买的。至于钱，她说，是给他的娃买糖吃的。

他望着她，俊俏的模样后面隐约藏着他不认识的另一个她。

三年来，关于她的风言风语太多了。她的模样更好了，没有故事也会被说成有故事，何况，她去的还是大城市。村民都这么猜测。这种猜测，源于她那个患病的哥哥娶亲，岳母张口要八万元钱，是她寄来的钱圆了那场亲，给哥哥捡了面子。

他回家，把那双鞋放进衣柜的抽屉里，用袋子裹了又裹，舍不得穿。老婆骂他，他干脆给抽屉上了一把暗锁。

一年又一年，田里的庄稼已不能满足他的家庭的吃穿用度，他扔下种了多年的土地，跟同村的人出去打工了。因为打工回来的人都说，在外干一月，能抵在家干一年。

几年的拼搏，他尝到了甜头。他不怕苦，肯卖力气，巧钱没有，苦钱倒是有几个。他悄悄存了一些钱，心里有了自己的想法。这几年，他随时关注她的一举一动，听说她病了，是子宫方面的病，而且是三期。又听说她被人从一个金碧辉煌的屋子里赶出来了，说她鸠占鹊巢。他震惊之余，只是悄悄攒钱。

他和她在同一个城市，见她来回要坐三个小时的车。

他第一次出现在她面前，放下一叠钱，什么也没说，走了。

他第二次出现在她面前，放下一叠钱，什么也没说，走了。

第三次，第四次……她躺在那间出租屋，望着他说："你怎么不和我说句话？"他什么也没说，走了。

有一次，她忍不住了，抱住他，泪如雨下。他摸着她因化疗和放疗后的光头，默不作声，走了。

终于有一天，医生发话了："她的生命，还有三个月。"

他辞了工，来到那间出租屋，背起病重的她说："回家，我带你去看彩虹。"

那是一个下雪的冬日，在全村人的不解中，他牵着她的手，来到一望无垠的田野。她随着他轻跑起来，他俩的后面，依然是欢乐的笑声……只是，跑着跑着，她的腿软了，望着灰蒙蒙的天空，她轻笑着倒在他怀里："彩虹……好美……我看到了……"抓着他的那双纤细的手，逐渐松开。

多年前，在他成婚前的一个夜晚，山后边，草丛里的小虫悄悄地躲避着什么，他望着她的眼睛说："今夜，我要带你去看彩虹……"

刊于《小小说大世界》2017年第4期

刊于《飞天文艺微刊》2017年

与蛇相遇

　　玲娟三十年没回老家了，老家的房子早已破旧得不成样了。玲娟花了一些心思，和丈夫把老房子稍稍打理了一番，搬进去住了。十多年的打拼，以失败告终，丈夫很快告别娘俩去打杂工了，十天半月才回家一次。

　　从小在乡下长大的玲娟，性格朴实，如今回到乡下，乡亲们对她很亲热。

　　玲娟生性胆小，尤其怕蛇，可从小到大还没遇到过。这天逢乡场，玲娟喜欢热闹，也想去赶赶场。她去得早。临近河边的一条小斜坡上，微风习习，玲娟一边惬意地大口呼吸着新鲜空气，一边快步往斜坡下面走去。突然，她瞥到斜坡小径上有一条蛇，不见头，不见尾，粗大而长的蛇身恰好挡住了她的去路。在玲娟发现时，蛇距她只有两三步。玲娟硬生生收住惬意的心情，把准备往前迈的左脚往后撤。

　　玲娟掉头往坡上跑，说是跑，其实比走还慢，因为那可是有些陡的小斜坡啊！玲娟心里害怕极了，她听人说过，蛇追人可快了。玲娟一口气跑上斜坡，绕过河堤，再窜上一条长长的田埂，才停下来往后看，还好，蛇没有追上来。玲娟这才松了口气！

　　此后整个夏天，玲娟都不敢从河边斜坡上路了。可是当玲娟惊魂未定地向村民描述时，人们却轻描淡写地笑了："是蛇啊，乡下太多了，你见的那条蛇，是去河里喝水的，哪里就会咬你呢？蛇一般是不会咬人的。"玲娟听了，心里终归还是怕的。

怕归怕，事情毕竟过去了。

可是可怕的事情又来了！蛇，还是蛇！玲娟又遇到蛇了。这回，蛇进家了。那天晚上快十二点了，玲娟坐在卧室里专心致志地绣着十字绣，听着田野里一阵阵肆意的蛙鸣，突然厕所传来"啪"的响声。莫非窗子没关，邻家的老猫又来了？玲娟想了想，绣完手上那根线，放下手中的活，站起来朝厕所走去。开灯一看，啥也没有，玲娟走到厕所窗户边，朝外看了看，外面漆黑一片，热得一丝风也没有。她把窗户关上，转身走出厕所，就在玲娟刚走出厕所门的那一瞬间，她忽然发现门后的墙上好像挂了一根麻绳，对，弓形的麻绳，玲娟似乎感觉那麻绳粗了些，白天什么时候往这挂了根绳子呢？她觉得有些奇怪。

她的眼睛有些近视，不由得把头往前凑了凑，她看到麻绳上带有很多褐色的三角形图案，而她往前凑时，头离那根麻绳不到一尺远。玲娟倒吸一口凉气，是蛇，而不是绳。她紧张而飞快地跑到卧室，拿起手机，拨通了邻居夫妇的电话。等邻居夫妇赶来时，那蛇已溜到电视机后面了。邻居胆大心细，一长棍杵过去，蛇头就出血了。打蛇打七寸，蛇一下就被打死了，可蛇身还在蠕动。邻居夫妇用竹竿挑起死蛇，说："瞧瞧这蛇头，三角形，毒蛇啊！"玲娟后来花了两个小时用水冲洗有蛇血的地面，脑海里挥之不去的还是那慢慢蠕动的身影。

玲娟很快和乡邻熟悉了。一天下午在村里玩耍后回家，刚走到屋前，六岁的儿子忽然抓紧玲娟的手神秘而小声地说："妈妈，我看到有一条蛇从屋檐下爬到那堆碎砖里去了。"

玲娟吓了一跳，童言不说假啊。她想也没想，赶紧牵着孩子到村里去喊人来捉，要不然，啥时溜进屋子也说不定啊。村口的麻将馆有很多人，因为早上凉快适合干农活，天气热了就到麻将馆乘凉，聊天的聊天，打牌的打牌。大家听玲娟一说，就跑来帮忙捉蛇。其中几个胆大的，用木棒拨开碎砖头，把蛇从地上提起来，胆小的都和玲娟一样，吓得倒退几步。

待在乡下没几个月，玲娟倒是遇蛇、打蛇、捉蛇都经历了。想想小时候在乡下，自己还没见过蛇呢，现在才回来多久啊，就经历了这么多事情。老公回来听说后，对玲娟说："还是想办法回城里吧，这乡下你住不习惯。"

玲娟想着、听着，没出声。

第二天，玲娟叫丈夫买来水泥、沙，请了两个工匠，把屋子周围又好好整理了一下。看着整洁干净的庭院，玲娟对丈夫说："就住在乡下吧，看这庭院多干净！蜈蚣、蛇什么的就不会来了，而且我觉得这乡下的人好相处，很热心，就和这庭院一样，心干净而明朗！"

礼　物

　　盼菊是班长，通知初三2班的老同学在正月十四举行第三十年同学聚会。她在群里推出群文："每人按时参加，必须带一样礼物，否则一律清除出群。"

　　聚会在市里最豪华的明月楼大酒店如期举行。第一位来的是朱奇，他发福了，也发迹了，他的礼物是简单爽快地给同学们每人一个红包。第二个是何宝，带着一筐柴鸡蛋、一盒铁山药，外加十块山猪腊肉，嬉皮笑脸的，没改当年的鼻涕样，听说已成了山里的养殖专业户。君丽来了，浑身珠光宝气，高中毕业后嫁入豪门，她送给每人一瓶法国爱丽丝香水。乾子成了医生，从日本赶回来，送给每人一块西铁城电子表。接着同学们陆陆续续来了，那些圆珠笔、小毛巾、小挂件什么的堆满了一桌子。商汉两手提着东西，来得最迟。商汉是当年班里唯一一个考上重点大学的，也是当年的语文课代表，现在是大学教授，博士生导师。

　　同学们围了上去，还没等他放下东西，就被按在座位上了，那两捆东西也很快被拆开了。

　　"原来是书啊！"

　　商汉乐呵呵地推了推眼镜："这是我刚出版的新书《论儒家文化之传承》，给同学们每人送一本。"

闻之，盼菊带头鼓起掌来："咱班齐了，文武都有！"

每个同学都毕恭毕敬地接了商汉赠送的书。大家兴高采烈地吃着，喝着，唱着，直到午夜才散了。

盼菊和几位同学清场时，发现沙发和桌子上，放着商汉带来的书。她整理了下，有几十本呢，她自言自语地说："瞧他们这记性，屁股一抬，人一走，连书都忘记拿了。算了算了，我就全带着吧，回头卖给收破烂的。"

获得2017年第一届文苑杯闪小说赛三等奖

捡茶籽果的满姨

满姨六十八岁了。一到秋天，满姨便背着背篓去山上捡茶籽果。把捡来的上千斤茶籽果晒干榨油。这是满姨的一笔收入。

这天晚上，在山上捡了一天茶籽果的满姨做了一个梦：梦见她在捡茶籽果时突然下起了倾盆大雨，她的头发、衣服都湿透了，背着满背篓的茶籽果在山上到处躲雨，结果那条熟悉的下山小路找不着了。满姨在树林里转，雨越下越大。她觉得打在身上的雨水好烫。她想甩掉背上的背篓，却怎么也甩不掉，背篓就像一条毒蛇缠绕在身上，越缠越紧……越缠越紧。满姨又累又怕，大叫一声就醒了。

醒后，满姨发现窗外真下雨了。她从床上爬起来，赶紧去院里收晒着的茶籽果，除了白天捡的，还有之前早已干了的也放在院子里，淋湿了又得晒好几天。

茶籽果全淋湿了，满姨不停地忙着，那满地的茶籽果在大雨中显得更加散乱，滚得到处都是……

乡医院里，村里的老哑巴终于笑了，他欢天喜地地把医生找来。

满姨醒了。

医生对满姨说："你命大，淋了几个小时的雨，烧成急性肺炎了，晚来两个小时，只怕老命不保。"

满姨听了，拉着送她到医院的老哑巴的手，摇了又摇。老哑巴是村里的低保户，无妻无儿，平时视勤劳的满姨为姐。那天雨后的早晨，准备去帮满姨收院里的茶籽果，绕到院墙边一看，发现倒在院子里浑身滚烫且早已湿透的满姨。

满姨只在医院待了两天就出院了。她惦记着山上的茶籽果，今年山上的茶籽果可多了，比往年多。往年和她一起捡的几个老婆婆有的已经爬不动了，有的跟着孩子进城享福去了。只有她，只有她不停地捡，这满山的茶籽果为满姨创下了收益啊，别人打工都能赚钱，只有她的儿子运气不好，没赚到钱，而且现在带着孩子和老婆怎么也不愿回山里来。已经有两年没有回来了，说是要节省路费。

满姨常常望着山外的小路叹气，也对着大山叹气，这绵延不断的山，怎么就那么大，那么密？大到望不到别处的炊烟，密得进了山就找不到下山的路。

满姨默默地把茶籽果一个一个地放进背篓，再慢慢地背下山。她想，如果村里再多几个捡茶籽果的人就好了，那么，她就不用对着茶籽果唠叨了。有时老哑巴也跟在她后边上山捡，可他不会说话啊。

对了，村东头的尹大婆今年两个儿子都去打工了，明天把她也叫上，这样就有人能说说话了。满姨心里想着，只觉得满山坡的茶籽果都笑得像开了花。这一季，满姨捡了很多茶籽果，可是，没来得及把那些茶籽果全运回家，她就滚下山了。

满姨从山顶滚到山脚。那一背篓的茶籽果，无限痛苦地跟着她的身体，不断摔落出来，只剩下几个，卡在满姨背后被压扁的背篓里，最后，一动也不动了。

捡田螺的女人

"罗水河边有怪物！声音像是龙叫！"这天早上，一个打着赤脚、浑身上下沾满了泥巴的女人，绕着村子来回跑了几十圈，她眼神呆滞，嘴里不断重复着这句话。

"冬幺婆疯了？世上哪有龙啊！"村民站在门前院子议论纷纷。是，冬幺婆疯了！河边的田坎边上，到处散落着冬幺婆捡的田螺，歪斜的背篓里也还有小半背篓田螺。最先看到冬幺婆的是聋人大爹，他牵着牛，撞见脸色惨白的冬幺婆慌慌张张地从河边田里跑过来，她说听到河里断断续续可怕的声音。

冬幺婆的独儿箭似的从摩托车上跳下来，抱住正在疯跑的冬幺婆："妈啊妈，叫你别再捡田螺了，你就是不听！这田螺能卖几个钱？你这几十年的习惯就不能改改吗？"很快，冬幺婆的儿子请来了道士，身穿黑色道袍的道士微闭双眼，手举着拂尘，嘴巴不停地动着，围着被众人扭着的冬幺婆，施展他的"法术"……

冬幺婆撞邪了！

村里人望着冬幺婆痴呆呆的眼神，纷纷跑到出事地点观看。

"这不是罗三刚买的那块地吗？"

"是啊！是罗三准备修大型农家乐的地，听说要修十几座吊脚楼呢。阵仗大啊！"

望着河边大堆大堆的木材和竹子，村民议论纷纷。

冬幺婆家里，只见道士的神情越来越凝重。去河边看的人越来越多，可谁也没听到怪叫声。冬幺婆就那么让人给扭着。

好好的一个人，大清早出去就变成这样了。终于，道士放出话来："解铃还须系铃人，要治好冬幺婆的疯病，得找到那怪物！"

冬幺婆的儿子狠狠地说："要是我挖出这怪物，非生吃了它不可！"这是冬幺婆独自养大的独儿，他的心里疼着娘呢！

当晚，一大群村民带着家什拥到河边田里，开始在地里刨了起来，带头的就是冬幺婆的儿子。

第二天一大早，一辆小车子停在村口，是罗三来了。他昨晚就听说这事了。一下车，罗三急急忙忙地奔向河边："我这工程马上要开工了，地上线都画好了，你们这是瞎折腾啥？"他拉住低头挖土的冬幺婆的儿子，"好歹也是吃一条河水长大的，你给我留点儿好兆头行不？"

冬幺婆的儿子一甩手："罗三，我告诉你，你不来我还准备找你呢，我妈要有个好歹我饶不了你。打小在这条河边长大，你啥时听到有怪物叫了？不是你这遭瘟的仗着钱多这阵子在这块地里折腾，哪有这些怪事。你不是钱多吗？我妈要是治不好，我要你给我赔个妈！"冬幺婆的儿子对着罗三一通乱骂，罗三灰溜溜地走了。

冬幺婆神志不清已有五天，这五天一直不吃不喝的。冬幺婆的儿子带人也在河边挖了五天，但什么也没有挖到，更没听到叫声。村民叹气说："唉！这冬幺婆倒霉哦！不晓得撞到什么邪了！"

罗三强行租了河滩那一方绿地，听说还要再贷几百万的款呢。虽可恨，却也倒霉呢，还没开工就出了这事，还不知修成后生意好不好呢。看这事闹的！

冬幺婆的儿子带的人越来越多，村支书火了："你这是搞迷信宣传，没找到就算了，挖的人还越来越多了！"

冬幺婆的儿子原不理他，但后来村支书次数去得多了，便吼："不是你的妈你不心疼！"

时间就这样过去了。河边的田有的被挖了大坑，有的被挖了大大的洞，看上去就像是猪啃的南瓜——要多难看有多难看，但是怪物的影子都没挖着。

冬幺婆的儿子恶狠狠地放话："挖不出怪物，我就要罗三把我妈送到北京治去！啥时候治好啥时候回来！"说了这些话后，冬幺婆的儿子捶胸大哭，"妈啊妈！是儿子没把你照顾好啊！"村里人看了，都说不出心里是啥滋味。

三个星期后，几辆大车开到河边，把那成堆成堆的木头和竹子搬上车运走了。听说，罗三找到村支书，取消了租地十五年的合同。冬幺婆的儿子带着那些人，等最后一批东西上完车拖走后，扔下手里的锄头，纷纷脱掉身上的衣服，跳到河里痛痛快快洗起澡来。

初夏已经来了，偌大的草滩在阳光的照射下，闪着绿油油的光芒。

冬幺婆自打河边那些杂什撤走，就又优哉游哉地捡起了田螺。

有人不解地问："这冬幺婆到底疯没疯啊？"

村里人抢着回答："你管她疯没疯？只要她饭吃得、事做得，她那宝贝儿子就放心了，轮不到你操心呢！"

蛇女苗幺妹

庸山特小，虽然只有一条街，却是三省交界的地方。所以，麻雀虽小，五脏俱全，极其热闹。而且，这条街上，每天都会不定时地引起一些骚动——苗幺妹来了。

尤其是夏天的街口，只要苗幺妹一来，来来往往的人会不时发出惊叫声。只见苗幺妹手捏着蛇头，若无其事地坐在地上，两条长长的大蛇在地上蠕动着。发出尖叫的是那些不小心踩到蛇尾的人。这阵骚动要等苗幺妹的蛇卖掉，才会随着苗幺妹背着背篓的身影消失才会恢复，而买蛇的蛇主，往往都守在街上转悠，等着苗幺妹来。

苗幺妹是谁？她是庸山有名的蛇女。

苗幺妹自幼在山中长大，家里贫穷，她经常清晨去放牛。苗幺妹爱唱歌，尤其喜欢对着满是露水的田野、清爽的晨风唱。声音清亮欢畅。可苗幺妹从来听不见自己唱的是什么——她天生耳聋。只有乡亲们听得见，他们也听不懂苗幺妹唱的是什么歌，只觉得比吆喝牛的声音动听多了。而且，很多人都是听着苗幺妹的歌声起床的。

有一天早上，苗幺妹的歌声没有响起，一个时辰后，苗幺妹乐滋滋地出现在乡亲们面前，除了后面牵着的大水牛，打着赤脚的苗幺妹手上多了一条蛇。原来，在田里吃草的牛不经意间踩到一条蛇，蛇缠得牛动弹不得，苗幺妹看见了，赶紧几步上前摁住蛇头，一把把它提了起来。

那时，苗幺妹十五岁。十六岁时，苗幺妹为了减轻父母的负担，便常常去山间田野抓蛇卖。尤其是秋天，在田坎的土洞里掏蛇是她的拿手活。手轻轻伸进洞里，食指和中指一捏，蛇就乖乖出来了。一次，苗幺妹运气好，在下山的溪边捉到一条五步蛇。她把蛇送到一家野味餐馆，卖了好几百元钱。当苗幺妹若无其事地拎蛇出来时，那厨师长如临大敌般穿上长筒皮靴裤，拿着一把大长火钳，死死夹住五步蛇的头，一刀就把蛇头剁了下来。待厨师长上前去拿蛇头准备扔进垃圾桶时，苗幺妹一个箭步上前扯开厨师长的手，看着蛇头对厨师长说："它会把你咬得上西天的！"

厨师长看了蛇头一眼，吓得不轻，那剁掉的蛇头此时嘴张得比拳头还大，惨白的舌苔流着血丝。头虽然已被剁掉，但照样能咬死人啊。苗幺妹熟知蛇的习性，救了厨师长一命。

庸山蛇多，有个收蛇人看中了这块宝地，开了一家口味蛇餐馆。苗幺妹捉的蛇十有八九送到了这家餐馆。这家口味蛇餐馆从不缺少货源，生意越来越红火。渐渐地，来此开野味店的人越来越多，口味野鸡店、口味野猪店、口味野兔店……很多外地人慕名来吃，庸山更热闹了。

可是有一天，人们突然发现，清悠悠的庸山溪散发出一股臭味。人们想了想，说："这都怪苗幺妹！"

当人们四处说这件事时，苗幺妹却不知何时失踪了。有一天，口味兔餐馆爬出一条五步蛇惊跑了四座的客人，大家也没能找到苗幺妹来帮忙捉，那条五步蛇大摇大摆地在人们惊吓的目光中爬走了。接下来的日子，一些野味店纷纷出现了不同的蛇，而且是在客人用餐时不定期出现，或钻于桌下，或悬于梁上，或出现于椅边，客人们无不惊恐四散。

"庸山野味店闹蛇灾了！"人们奔走相告，怎么会到处都有蛇呢？真是奇了！

短短半年，庸山的各家野味店生意清淡，不堪蛇扰，纷纷撤离。庸山街一下子变得安静了许多。人们说，这庸山的蛇有灵性，它们大概也不喜欢喝那散发着臭味的溪水，所以把那些开野味店的老板都吓跑了。

又过了几个月，人们听说，庸山的大山里面出现了一个小型的蛇养殖场，场主是失踪了很久的苗幺妹。

苗幺妹不再捉野蛇了，山上的各种野生动物也没有人捉了，从此庸山山清水秀。苗幺妹自从到县里参加了环保学习班，就像换了个人，她开始养肉食的蛇，听说销往广东了，她再也不用到庸山街头卖蛇了。

闺密张三巧

我的闺密，原名张小妹。别看长得尖嘴猴腮，但因为鬼精鬼精的，大家都叫她张三巧。

那年秋天，我俩猫着腰避开河坝上生产队守甘蔗林的伯伯，钻进甘蔗林，像两只田鼠一样嚼着甜甜的甘蔗，突然头顶响了个炸雷："哪个叫你们偷吃甘蔗的！"事情的结果是，我回去后被爹打得嗷嗷叫，屁股也被打肿了。而张三巧，在她爹还没有揪住她之前，往她爹面前扔了两根蛇一样的东西，绕着田坎跑掉了。她爹吓得倒退几步，定睛一看，是两条大黄鳝，气得她爹愣是追了两个田坎也没追上她。

我们一起上的小学和初中。她学习不用功，但每次考试都在前几名。后来才知道，她把公式抄在胳膊上，监考老师不注意时撸起袖子看。老师一过来，她就像小猫，乖乖地伏在那里。老师经常夸奖她守纪律。高考时，这招不灵了，监考老师个个是千里眼，张三巧落榜是理所当然的。于是她孤身一人去成都打工了。

张三巧个头小，体力活干不了，进公司学历又不够。十年后的一个中午，一个电话让我见到了分别多年的张三巧。因为做房地产销售，起早贪黑地工作，她发了。张三巧戴着劳力士，挎着法国名包，脖子上的大钻石项链闪闪发光。给我印象最深的是，在餐桌上接电话的次数比夹菜的次数还要多，末了，边急着接电话边给我扔下四千元钱："帮我结账，要见个客户，得赶时间！"说完便匆匆走了。

这一走，又几年没见着。

四年后，青荷茶馆两张舒适的竹椅子上，坐着两个优雅的人，一个是我，一个是闺密张三巧。"做个一生优雅的女人。"这是那年我们分手时，她和我这样约定的。当年说这话时，张三巧是多么意气风发，可如今坐在我面前的她，眼角多了好多鱼尾纹，脸瘦成了三角形，失神的眼睛定定地看着杯中漂浮的玫瑰花。

"你别动，我拿手机给你拍张特写——沉思中的美人。"我打破沉默，迅速掏出手机。

"去去去！没见我不痛快吗？"张三巧大口喝着花茶，用杯子挡住脸。

我笑了："瞧你！那年我见你，你忙得只差翻筋斗了，今年倒好，主动约我出来了，却像只闷葫芦！到底怎么了？"

当服务员过来添第二壶茶的时候，张三巧杯中的玫瑰花越泡越大。

张三巧的房地产销售走入低谷了，她辞职了。"我说呢！你这位大忙人怎么有时间见我！"看她的神情，我安慰地拍了拍她的手背，"那，想好了吗？总不能老闲着，得换个事做做！"

张三巧看了看我手上的白金手链，说："是啊！这不，让你给想办法来了。这些年，事越来越不好做，钱越来越不好挣，我这次回来，是想办塑管厂，正四处筹集资金，从亲戚朋友那里筹了一百多万元了，起动资金起码要两百万元，剩下的你帮我想办法吧！"说到这儿，张三巧压低了声音，"和我合作的老板，来头大呢，要搞大项目，叫PPP。一个月就可以收回全部投资……"

"什么叫PPP？"我完全不懂。

"你别问了，给我凑五万元，一年后还你八万元钱！"张三巧快速地说。

"五万元？"我吃惊了，"我一个月就三千块钱，正宗的月光族啊！"

张三巧眼睛直直地瞪着我："那你也比我好，我现在是日光族！机会难得，你看着办吧！"说完，站起来走了，这回，可没像上次那样给我钱买单了。我赶紧买了单追出去……

五天后，我把五万块钱塞到她手里……

没有等到一年，张三巧创业失败了，好不容易筹集的两百多万资金全打水漂了。一天早上，张三巧失踪了。

我急了！打她的电话，不接，连打了十几个，电话那头的她才传来三个字："我走了。"

我气得直想把手机摔了："这死妮子，回回都像孙悟空，能跳出太上老君的炼丹炉啊！"

六个月后，我接到张三巧从贵州打来的电话。她快活地告诉我，现在做导游了，还说做这活儿太好挣钱了，她要咸鱼翻身。

我叹息了一声，狠狠地对着电话大声吼："你能不能不做风筝了？跟风飞不远的，一旦没有风了，你怎么办？"可是，电话那头早已没声音了。

春翠的爱情

春翠买了下午两点的票。他疯了似的冒着雪花骑着摩托车赶到车站，看到春翠时，他的眼睛立刻湿了。

"跟我回去，我再也不接那个女人的电话了。"他望了望满车站的人，从喉咙里挤出的声音只有她才听得到。她为什么走？是因为他那离了婚的媳妇老打电话给他，她生气了。漫天的雪花从空中落下来，还没有落到地上便化了。她提着包，默默地坐上他的摩托车。

她叫春翠，春天的春，翠绿的翠。她对他说，老家的女人都是叫红翠、彩翠、兰翠什么的，没文化，取不出啥好名。半年前，春翠在电话里问他："你爱吃红薯吗？反正我不爱吃。"

小的时候，一家八口人，一顿饭一般是一把米放很多红薯丁，再加玉米粉煮。现在谁要是说街上的烤红薯好吃，她听了准反胃。春翠对他说，她没上过学，小学二年级没毕业。他听了，心疼地说："跟我过吧，我也没读过啥书，媳妇嫌家穷，扔下我和儿子跑了，我不能再过没有女人的日子了。"

"她叫春翠。"他望着春翠，对一大桌子人说。

那些人里，有他的哥嫂、三叔、二叔、大婆婆、四爷爷。那些人不客气地喝着难得能喝得那么痛快的啤酒，夹着桌上菜盘子里东倒西歪的猪头肉和花生米，边嚼边审视着春翠："嗯，好像比上次带回来的好一点点，长得不咋样，但身材丰满，这就行了！"

春翠也确实没让他们挑出什么毛病，从他们的口中，她得知他在她之前也曾领回过一个女人，但老吵架，和他们的关系也不好，没两个月就走了。

春翠对他们好着呢，经常烙煎饼给他们吃，做老家面给他们吃。半年了，春翠的口碑越来越好，她的爱情也越来越美好了。

春翠的心里，每天都跟春天似的，绿着呢！春翠得意地对他说："我是你的财星和福星。"

他笑了笑："是。"喜悦充盈着他俩的心胸，也荡漾在他们那整个屯子里。他们接到政府通知，再过几个月，他们那儿整个淀水屯子都要开发，全体搬迁。他们要发了，而且政府还会给搬迁的每户人家交养老金，真是老来无忧啊！

春翠和他都欢喜着呢。春翠带他回了趟老家，老家的人都说他好，说春翠找到对的人了。别的不说，就冲他给春翠爹妈劈了整整两天的柴，堆起来比谷堆还高。春翠听了，笑得脸上的雀斑都在跳。回程的火车上，春翠拿出一包土特产，说要分给他的家人吃。他看了看说："八十三块钱啊，这我得卖好多串冰糖葫芦呢！"

春翠撒娇地看着他："可是，这是我老家的东西啊，好不容易才回趟老家。"

他甜蜜地看着春翠，感觉春翠比那十八岁的姑娘还美："好吧，由你，反正一搬迁就过上好日子了！"他眼角的鱼尾纹堆满了幸福。

几个月过去了，屯子里的每户人家都特欢喜。拿到搬迁款的那天，他带着春翠下了馆子，他觉得，从此和春翠的生活就会像春天，翠绿翠绿的。

平静的生活在九个月后被搅乱，一个自称是春翠大哥的人找来了。春翠见到他的那一刻似乎很慌乱，他明显感觉到春翠的手指不由自主地掐了他一下。第二天下午，他卖糖葫芦回来，在门外听到春翠的声音："我不会跟你回去，你想让我再死一回吗？"他有种世界要塌了的感觉。

灯光下，两个男人开始谈判。

"你不放她走，我就告她重婚。"

"我只知道我们过得很幸福，我并不知道她是你妻子……"

那是春翠的男人，大她九岁，不疼她。她离开了那个家，那个五层楼房的家，她不想再回去了。在那个家，春翠喝过敌敌畏，虽被救了，却感到悲哀。春翠在里屋想着这些，手里拿着他给她买的镯子。半夜两点，谈判结束。春翠的"大哥"望了望里屋的门，嘴角露出一丝不易察觉的冷笑。

春翠走了，跟着她的"大哥"。

第二天中午的火车，他没有送她。他只觉得心里已被掏空。

春翠走的时候，一直看着他："你给我买的镯子，我会永远戴着的。"

他的生活，突然没有了生气。他的心里，一直回想着春翠走时说的话，他觉得有些不对劲，又说不出为什么。

一个月后传来消息，春翠死了，喝了农药，死时手上戴着他给她买的镯子。听说，春翠死前就说了一句话："我本不想回来，但不能连累他。"

叶落归根

夏山沟老大队部的山坡上，一台挖土机轰隆隆地工作着，夏显孝要在那里修房子了。看那阵势，修得还挺大。村里乡亲闻之一下子炸锅了："这夏显孝想叶落归根，修哪儿也不能修那儿啊，好日子过多了？他城里不是有几套房子吗？"

夏显孝是谁？他是村里唯一的一位官——市政府秘书长，刚刚退休。他是村里荣耀的象征啊，怎么能在那里修房子呢？不要命了？

乡亲们的疑惑不是没有道理。四年前，也是在这块地，本村的两兄弟好不容易在浙江打工存了些钱，准备修房子，村里人没想到兄弟俩会看中那被遗弃了几十年的老大队部——"文革"时的村办小学。因四周山坡满是坟地，多年来村里人走路都不喜欢从那里经过。白天是坟堆，晚上只看见那些坟堆前磷火飘飘。

两兄弟不顾旁人反对，以最便宜的价格买了老大队部几分地，修了一栋四层楼高的房子。老大队部虽在山坡上，可以前是所学校，所以宽敞着呢。房子修好后，成了一奇景——山坡、坟地衬托着一栋孤零零的楼房。没出半年，两兄弟先后患病，一个肝癌，一个肺癌。掏空家中的积蓄后甩手而去，剩下两妯娌守着那栋房子。没多久，弟媳也患乳腺癌去世了，做嫂子的慌了，赶紧卷起衣物搬出了那个家。

好端端的一栋房子，就这样人去楼空，成了一栋名副其实的空房。搬出这屋一年的嫂子和临村的一个篾匠好上了。篾匠对她很好，两人感情很稳定，但是篾匠却在一次车祸中高位截肢。嫂子心情抑郁，身子也常常不适，没多久就撒手人寰了。篾匠一贫如洗，好不容易凑钱置了一副棺材，草草将嫂子埋上山。住过那屋的四个人全部离世。两年后，这栋房子便被拆掉了。乡亲们唏嘘：“风水啊，谁说没有风水一说？屋场没选好，就是要死人的。”老大队部的山坡上，平常除了一些不懂事的顽童去玩耍，再没人去了，生怕沾上晦气。

如今，没想到夏显孝也看中了那里，而且，房子修得很快，两个月的时间，一栋两层高的房子便矗立起来了。

夏显孝回来了，带着妻子，过起了天高云淡、出门见山、满目葱茏的日子。两人在空地种花种菜，平时下山和乡亲们闲聊，日子过得舒坦。

有乡亲问他：“晚上睡觉不怕吗？”

夏显孝说：“怕啥？大活人会怕死人？你见过从地底下爬出来的死人吗？”

那两兄弟的事夏显孝也知道，但从小在夏山沟长大的夏显孝也知道，整个夏山沟风景最好的地方，就数这老大队部的山坡，虽说山坡有坟头，可一到春天，满山坡的山花香气扑鼻，弥漫整个夏山沟。

很快，半年过去了。一天，一辆警车开到夏山沟，下来七八个人，朝夏显孝家快速走去。村民惊讶地看见他们帽子上的国徽。

夏显孝被带走了。他被查出在职期间有严重的违纪事件。临上车前，夏显孝转过身，望了望山坡下的村庄，对乡亲们说：“那时，在此修屋，就想好好再呼吸下夏山沟的纯净空气。我是多么喜欢这样的空气啊！”说完，夏显孝头也没回地上车了。没多久，乡亲们听说，夏显孝被判了十三年，城里的几套房子都上缴了，唯独留下了夏山沟这栋房子。

春夏秋冬，寒来暑往。几个年头过去了，夏显孝屋前屋后的花花草草照样鲜艳，那是村委会每年派人轮流打理的。他们知道，夏显孝最心疼他的这些花花草草了。

乡亲们说，夏山沟的人，从不会嫌弃知错能改的人，只要夏显孝好好服刑，夏山沟永远是他叶落归根的地方。

秋　水

　　最美不过夕阳红，他们相爱了。

　　他已老了，老伴去世四年，只有一子。

　　她已老了，无儿无女，丈夫去世十余年。

　　她在他眼里，就像情窦初开的姑娘，温柔而多情；他在她眼里，就像大海，她是他怀里的一朵浪花。很奇怪，都老头老太太了，还能有如此浪漫的想法。他们相识于一次组团旅游。

　　他对她说："你来吧，我单住。"

　　她想了想说："好吧，我去。"

　　她整理好衣物，告别了十多年的家，坐了十多个小时的火车，扑向"大海"的怀抱。从此，世上多了一对白发苍苍的恋人，不，是爱人，也不是，准确地说，是老伴儿。他亲热地称她为老伴儿，每当他这样叫她，她就会无限甜蜜地挽住他的手臂，轻轻地笑。她没想到，自己竟能焕发出少女般的柔情。

　　朝起的公园，晚夕的小巷，处处留下了他们相依相伴的身影。终于有一天，他的腿衰老了，医生说随时都有滑倒的可能。

　　他说："我真怕有一天你会离开。"

她笑了："不会，我不会。"

谁知道呢?

一个初秋的下午，她黯然离开了。他的儿子极力阻止她继续照顾他，理由是，"父亲老了，要接父亲同住"。她蒙了！求助的眼光望向他，可她看到，他刻意躲开她的目光。

她紧紧地揉了下口袋里那张检查没多久的心脏彩超单，单子上注明她患了严重的冠心病。那单子，她给他看过。

回家的火车上，望着车窗外的山和水，她想起了那句诗"望穿秋水，生死两茫茫"。

离就离

一大早还没开张做生意呢，寒寒的服装店就听到有人在嚷嚷："离就离，离就离，今天谁要不离婚谁是牲口！"话音刚落，只见一个人影快速从店里冲出来，发动停在店门口的女式摩托车，气急败坏地把窜出店门的两个人丢在摩托车的轰轰声中。

摩托声很快消失了，两人退回店内，开始埋怨。

"妈，在家里说说就行了，你看这生意还没开张呢。"她轻轻摸着快八个月的肚子，哀愁地看着老妈。

"我不能看着他忽视你啊，帮你撑腰，你还这儿那儿的。我怎么会生你这个没出息的！"老妈的腮帮又鼓出来了。

寒寒开了好几年的服装店，好不容易才把自己嫁了，对方是一个外地郎。说是倒插门吧，寒寒又有个弟弟。女婿一穷二白，老妈一直不满意。尤其是女儿出嫁了还跟没出嫁时一样，照样住在娘家，而且这个女婿因为女儿认为他非常有才，就压根儿不买她这丈母娘的账。

今天早上倒好，家里没说透，又赶到店里说，真让人看笑话啊！

寒寒店里来了几个干逛的，寒寒木然地看着，也不站起来打招呼。妈妈早走了，寒寒一直坐着等着，等那摩托声重新响起。上午过去了，中午过去了，邻店的人看不过去，摇了摇她："你要吃些东西啊，肚子里的孩子饿呢！"寒寒苦笑着点点头，算是对邻店的关心表示感谢。

下午快要关店时，摩托车的响声终于传来了，寒寒焦急的脸立刻变得严肃了。她看着他从摩托车上下来，看着他走进店，可是他看也不看她一眼，直接一屁股坐在凳子上。

沉默半晌，寒寒憋着嗓门说："离就离，离就离，谁不离谁是牲口。"

一个通宵，寒寒像睡着了，又像没睡着，准确地说，她睡不着，因为他没回来。她想，这次一定要离了，可孩子咋办？寒寒摸着微微跳动的肚子，想想妈妈还是说得对，他再怎么轻视我，也不能轻视肚子里的孩子啊。都说女人怀孕了男人会花心，看来是真的。

寒寒想着这段时间老公的表现和跟妈妈的矛盾，眼泪不自觉地掉了下来。再怎么样，妈都是为了她好啊！

还没等寒寒吃完早饭，寒寒妈就出门去店里了。她要去质问女婿，就是这样对待她怀孕的女儿也是他怀孕的妻子吗？这还了得，晚上还干脆不归家了，想她当了多年的妇联主任，不能眼睁睁看着这样的事发生在自家女儿身上。

寒寒妈再次冲到店里的结果可想而知，等寒寒赶到时，寒寒妈早已不见了，只有老公阴沉沉的布满血丝的眼光箭似的射向她，嘴里吐出两个字："离吧！"寒寒的心顿时沉到谷底。

"不过……"男人又吐出一句话，"等你把孩子生下来。"

男人从此再也没有归家，天天住在店里。寒寒妈自是百般生气。终于，寒寒生了，男人赶到医院，抱起孩子，脸上浮起久违的笑。

寒寒妈一把抢过孩子："你还知道抱孩子？你不是要离婚吗？"男人脸色

一僵。

寒寒看着，觉得刚喝进嘴里的鸡汤是那么苦，太苦了。

孩子不哭闹的时候很可爱。寒寒喜欢，寒寒妈也喜欢，男人也喜欢。自从孩子生下来，男人便不在店里住了，每天一打烊就回家。寒寒想，这婚，或许就活了。但很快，她就彻底死心了。

寒寒妈有一天去店里，看到他和一个女人聊得正欢，一见到寒寒妈，便马上住了口。往后几次，寒寒妈都会有意无意去店里，每次都会有意无意撞见同样的场面。

寒寒妈咬牙切齿地对寒寒说："孩子才两个月就这样了，以后还不定怎么呢！"寒寒听着，心里就说不出的别扭。晚上，等男人回来，寒寒歇斯底里地把男人痛骂了一场，他们异口同声地说："离，离就离，离就离！"

寒寒和男人离婚了。

离婚时，男人对寒寒说："把孩子给我，我要孩子。"

寒寒和妈当然不会给他孩子。男人走了，走时，紧紧地抱着孩子亲着。

十年后，寒寒听说，男人当了一个集团的总经理，找了一个开店的老婆，生了一个儿子。十年间，男人从没间断对孩子的关心。

有一天，当男人来接孩子去他所在的城市上大学时，寒寒问他："那年，我妈在店里看到的女人是谁？"

男人回答："是找我合作的生意人，现在是我们集团的总裁。"

孩子去男人所在的城市上大学了，寒寒每天静静地守着她的服装店。她想，当初她看上的，不就是他的才气吗？可为什么就离了呢？

寒寒想不明白。

调查表

　　我是百灵小学的一名语文老师。每天从早到晚，我心里想的，眼里看的，除了教案本和黑板，就是两个六年级班的学生。为了能让他们顺利完成学习任务，我操碎了心。除了要求学习一丝不苟，还要管好整个班级的大小事物。学生们对我既依赖又胆怯，因为我有一个撒手锏："不听话的，关学。"关了学，就是最亲爱的爸妈来了，也别想出教室。我可是最敬业的老师。

　　这天，我去宣布刚得到的学校通知，当我走进安静的教室，一字一句向学生传达这个通知后，学生们异常兴奋，甚至有几个胆大的冲到讲台前，在我的额头上狠狠地亲了几下。他们这么兴奋，是因为这次市教育局要求学校搞开放式教学，而我，就用这个通知给学生布置了一个作业：利用星期六和星期日的时间，走出家门，做一份调查表，观察我市的建筑物，看哪栋建筑最漂亮。时间，一个月。

　　我极力忍住笑，这下，孩子们终于有一个名正言顺的理由，不用为作业头疼了。所以让他们欢腾，但我补了一句："不许爸妈代劳！"

　　一个月后，调查表已放在我的办公桌上了。我迫不及待地打开第一份，看了看，笑了。打开第二份，笑了。打开第三份，有些笑不出来了。

我急急地往后面看去，一直不停，直到全部看完。我目瞪口呆。我教的两个班，一百二十名学生，调查答案竟然一样——最漂亮的建筑：一、酒店宾馆，二、明星别墅，三、商场超市；最差的建筑：百灵小学……

伤 春

她失恋了。

她喜欢宋词，因那句"那堪更被明月，隔墙送过秋千影"，她给自己取了一个名字——秋影。

他一下一下地敲打着键盘，眼睛却注视着坐在左前方的她。她身着黑色绣花的唐装，盈盈一握的腰肢，看起来是那么古典雅致，平日里春风微漾的眸子，近日看来眼角却平添了些许莫名的忧愁。

莫非是她那心爱的"土琵琶"有了新欢之曲？他摇了摇头，早晚的事啊，一个头发留得比女人还长的"音乐家"，那么无羁，如何能怜香惜玉？这么雅致的香玉，应该有一双细腻儒雅的手来握啊！

他看了看自己白皙修长的手指，这手指只握过钢笔，敲过键盘。他微微笑了一下，站起来，朝她走过去。

"嗨！"他往她面前丢了一块口香糖，"今天小婉请假，说是去乡下看男朋友的母亲，看来今天中午的三人AA制要改为两人AA制了，怎么样？走，先吃饭，吃了再看稿。"

报社三楼的总编室，她和小婉是他的得力编辑，都是才华横溢的青年编辑。

窗外，街旁的人行道上，一位清洁工人费力地扫着昨夜被春雨打落的叶子和花瓣，她凝神望着，痴迷地看着那些花瓣，嘴里轻轻吟出："道是天公果惜花，雨洗风吹了……"

"这是红烧猪蹄，你和小婉最爱吃的！"他往她碗里夹了一块猪蹄，"快吃！趁热！"

她听闻，把眼神从清洁工扫帚下的花瓣上移到桌上的碗里，这红烧猪蹄，是这家小餐馆的头牌菜，贵！平日里，他们三个只有逢节才点这道菜，再看他和她的面前，还多了一杯红酒。今天的午餐似乎很隆重啊！

"趁热吃！"他再次对她说，眼里似乎有那无羁的"土琵琶"和她初识时的温柔。她心头微微一颤，感激地看了看相处了几年的上司，低下头，忽然觉得这猪蹄好香。仿佛有什么东西从眼里跑出来了，又被她憋了回去。十多天了，她没吃过一顿好饭，不知是饭不合胃口，还是因为那天看到了和无羁的"土琵琶"亲热相拥的"曼陀罗花"？然而，她不是曼陀罗花，她是幽兰，只是一株幽兰。她怎么变，也变不成"土琵琶"手指间跳跃的曼陀萝花。

她只是一个喜欢吃红烧猪蹄的兰花般的女子。

"这很贵！"她说。

"今天我请。"他淡然地说。

"这么破费……这……"她不知该说什么了，不敢看他那看似淡然的眼睛。

"浮生长恨欢娱少，肯爱千金轻一笑？"他轻轻说出一句词。

"这是宋祁的《玉楼春》，难道你也喜欢？"

"为君持酒劝斜阳，且向花间留晚照。"面对她的问，他笑了，"难道不是？他本就不适合你。"

她的身体一震，装作没听见，端起杯子，轻轻抿了一口红酒。

"那，你说，哪一种适合我？"她声音轻得几乎听不见。

可他却脱口而出："反正不能是搞音乐的，只能是搞文学的，而且，要温文尔雅的才子。"

她望着他，愣了，谁不知道，他是报社公认的年轻有为的才子，而且，外表斯文儒雅……

他说完，忽然就静了，眼睛热烈地凝视着她……

她听完，眼睛忽然湿润了，坐在她对面的他，在她眼里蒙上了一层雨雾。她抬起手，想轻轻拨开那层雨雾，手，却被他握住了，他的另一只手上，有一张轻柔的卫生纸，软软地靠向她的长睫毛……

雨雾被他轻轻拨开，握着她的手更紧了。谁说男人不能怜香惜玉，何况，这是一块他早已倾慕已久的香玉，只叹，他已有家室，或许，这就是她被那个"土琵琶"轻而易举地揽入怀中的最好理由？

当年的她走进报社，是多么朝气逼人，几年相处，她的存在曾暗暗给他干涸的心房传去缕缕兰香。这些，她会不知道？她不会不知道！想到这里，他把她的手握得更加紧了。她由他握着，眼睛幽幽地看着他，刹那间，他们的眼中，只有彼此交错的眼神……

一阵突如其来的手机铃声从他的西装口袋传出，声音是那么响亮，他留恋地松开她的手，把手伸向口袋，手机里，传出一个哭泣的童音："爸爸，你怎么还不回来呀？我都快一个月没见你了。妈妈说，你要再不回来，她就把我送到奶奶家里，再也不管我了。我要妈妈，我也要爸爸……"他听着，表情慢慢僵硬，良久，脸上显露出痛苦。

"我今天给自己取了一个笔名，叫秋影。"她静静地说："你听，楼头画角风吹醒，入夜重门静。那堪更被明月，隔墙送过秋千影。"

惊　蛰

　　按说，惊蛰一过，乡下就应该忙起来了，种地的种地，打理的打理，毕竟一年四季在于春。可羊坊村的女人们不急，照样每天一大早忙完了家务，邀三伴四地去打牌。用她们的话说："不过清明，这地里忙啥呀？油菜才开花，玉米、红薯种早了也不会生芽。再说了，种那么多地干啥？男人在城里打一天工，够买百多斤红薯了，种多了也吃不完。"

　　陈幺妈低着头，蹲在自家水井边，正嗷着嘴扯那只死鸡身上的毛呢。快嘴李四妈隔着一个田坎看见了，不达时务地亮起嗓门："幺妈……陈幺妈……这一大早就给咱几个老姐妹杀鸡吃啊？等会儿多放点胡椒粉熬熬，俺喝点鸡汤补补。"

　　陈幺妈对门的田大婆探出身子往外瞅了瞅李四妈家的方向，飞快地瞥了一眼陈幺妈，捂嘴偷偷笑，闪进屋去了。果然，不出几秒，陈幺妈那鸭公嗓炸雷似的响开了："吃你个死哩，昨晚不知咋的，哪个遭瘟的把我的老母鸡弄死了。"

　　陈幺妈的嗓门一叫，田坎那边的李四妈早没了人影。这时，背着一背篓衣服去河里洗衣服的童婶路过陈幺妈的水井边，见此情景，嘻嘻哈哈地笑开了："我说陈幺妈，平日里你是唱歌铃铛，一晚上没见，你家那口子惹你生气了？"

　　陈幺妈忽地拿着一把鸡毛朝她脚边丢去："唱歌铃铛？我在这吊颈（上吊），

你还说我在打秋千。你知道,这只老母鸡一天一个蛋,勤着呢,早上一看,被木板子挤死了,我还特意把我的鸡关在一边。"说完,陈幺妈气哼哼地朝屋外头靠左边的大鸡笼走过去,那是她儿媳关鸡的地方。

童婶看着她那气哼哼的神情,把背篓一放:"得!反正我这些衣服可洗可不洗,没等米下锅,来,桌子架起来,扑克牌取出来,你那死鸡不要也罢,等赢了钱买只活的杀了炖。"说话间,早自己跑进屋搬出桌椅。陈幺妈一看,忙放下手里的鸡,走到里屋去拿扑克牌了。

童婶、陈幺妈、田大婆、李四妈是打牌的死党,牌瘾大着呢。陈幺妈朝对门喊着:"田大婆,来啊!"

田大婆忙把端在手上的饭碗使劲儿往嘴里扒拉:"嗯嗯!叫李四妈,等她来了我就吃好了!"

陈幺妈扯起嗓门对着田那头吼了起来:"四儿……鸡肉炖好了,快来吃啊,来迟了保准鸡汤都没有了啊。"

只见李四妈站在她那棵大枇杷树下,边晾衣服边应着:"你三个先上着啊,我把几件褂子搭好了就来。"

"这个鬼精,每次都慢慢腾腾的。"陈幺妈嘴里嘟囔着,"田大婆,快点儿!"田大婆赶紧从门内走出来。三人立马开始,还是老规矩——好玩好耍,一块钱起码。都徐娘半老了,这牌注也大不到哪儿去。

当太阳晒齐台阶的时候,李四妈双手放在裤袋里,悠悠地走来了。这时,童婶的面色已不好看了——看来手气不好。

李四妈识趣地往陈幺妈后面一站,没料到陈幺妈没好气地瞥她一眼:"去,站童大婆面前去,我手气背,别把我的财气挡住了!"

童婶一听,嚷嚷开了:"那是的,别过来啊,我也不好呢!"

李四妈往后退十步："得得得！我谁后面也不站，谁后面也不看，行了吧？这盘打完四人打，看来我这半天没来，钱都让田大婆赢去了。"

太阳渐渐往西边跑了。陈大妈的鸭公嗓一天都没停，倒是童婶嘻嘻哈哈的声音少了，这也是"老规矩"：陈大妈手气不好，会埋怨一天；童婶手气不好，会一天都不笑。看来今天是田大婆手气好。

果然，陈大妈把刚摸的一把牌拿在手上看了看，把牌往桌子上一丢："不打了，就我这臭手，摸到明天早上也不会摸到一手好牌。哼，气死我了！"

看陈幺妈丢了牌，几个婆婶纷纷拉开椅子站起来，李四妈舞了舞手里的三块钱说："我只赢了三块钱啊！"

童婶说："那是田大婆一人赢了，今天都去她家吃晚饭！"

田大婆一听，偏着头想了想，说："我只赢了九块钱。"

陈大妈急了："啥？九块钱？那我的二十多块钱到哪儿去了？猪吃了？这人倒霉，喝凉水都塞牙！我就知道，老母鸡没了是要舍财的……"没等她把话说完，那三人早没影儿了。

清　明

　　青平村不大，却有一条修得极好的水泥路，前后三四里，贯穿了整个村子。

　　每逢清明，城里的私家车都一窝蜂地往乡下挤，青平村也不例外，而村里唯一能停车的地方，是靠近后山口的转弯处。凡上山祭拜的人，都把车停在此处。

　　可近几年，人们发现了一个怪象，村里最爱种花的丁老头，每到清明，他就在后山口摆很多盆花，做清明卖花的生意。这样一来，所有开往山脚想停车的人，只能被迫倒车，把车开到村口的公路边上摆放着，再步行进村，由后山口上山祭拜。

　　凡来者无不对丁老头恨得牙痒痒，却又无可奈何，更别说买他的花了。

　　所以，每年的清明节，丁老头都没有赚到什么钱，反而赚了不是，可丁老头脾气倔，一不做二不休，干脆平日里也在后山口摆起了花摊，边种边卖，生意清淡，却落得个"逍遥花爷"之美誉。

　　后山口从此被丁老头独占了，村民中有眼红的，悄悄向村支部书记告状，可谁也告不倒，因为丁老头是村支书的五爷，村支书怕他。就这样，这种状态持续了快三年，有一天，丁老头突然死了。

　　后山口又可以停车了，一切又恢复正常了。

一年后，又是一个清明节，青平村车来车往，比大街上还拥挤，不到中午，一个令人震惊的消息传出：青平村后山口的山突然塌方，十多辆小车被深埋其中。原来，后山口是一个废弃多年的岩石场曾经炸出来的山口。

含　烟

她给自己起名叫含烟。

他说："多么富有诗意的名字。"

她在心里笑了。是，她喜欢这个名字。自从看了作家琼瑶的小说《庭院深深》以后，她就深深喜欢上了这个名字，也喜欢含烟最喜欢的黄玫瑰花，更喜欢书中属于含烟的男主人公柏沛文。

可是，他是她的柏沛文吗？他懂得含烟这个名字的诗意吗？

她微微扬起嘴角，笑着望着他："你是……"

"我是文中浩，是这个公司的业务员。"

"哦。"她轻轻点了一下头，"原来，他不是，可是他的眼睛、高鼻梁、嘴唇和琼瑶阿姨书中的柏沛文是那么相似啊！"

看到她发愣地看着他，他友好地说了一声："再见！要忙了，欢迎你的到来。"

哦，她想起来了，今天是她第一次来公司报到，眼前站着的是她以后要长期相处的同事。她微笑着和同事们打招呼，眼角的余光却瞥见他从扶梯下楼了。

"颜颜，快点，饭菜都在桌子上了，我要出去一下！"

"妈，我不是早就说了吗，我不叫含颜颜这个名字了，我要改为含烟！"她坐在里屋，噘着嘴对妈妈说。

"瞧你这傻孩子，名字能随便改吗？"妈妈笑着，声音是从门外传来的。

在工作表上，她端端正正地写上含烟这个名字，她要做一个现实中的章含烟，更想找一个像柏沛文那样痴情的男人。

她工作认真，业绩突出，很快，年底她就直升经理了。很巧，他也荣升经理。他常偷偷看她，眼里有一丝难以察觉的温柔。

每天早上，他给她泡好一杯茉莉花茶，中午早早就给她打好饭，把菜里的肥肉挑出来，再把自己碗里的青菜拨给她。叮嘱她每天要吃一个苹果，防止心脏病的。

闲暇时聊天，她发现他不仅知道海明威、罗曼·罗兰，而且从秦始皇到慈禧太后的中国历史极熟。她对他崇拜得五体投地。

在一个春日灿烂的下午，他轻轻地叫了一声"含烟"，她幸福地靠在他的怀中。她望着他，嘴角轻轻上扬："从上班的第一天起，我就在等着你叫我含烟……"

爱情，像被春风吹开的花朵，在她的脸上绽放。有爱情的女人总是神采飞扬、笑意盎然。她在他耳边私语："何时，能与君把家还？"

他闻声不语，只是轻轻叫着她的名字："含烟。"

看着含烟那么开心，要好的同事悄悄告诉她："好像他有爱人。而且，他的爱人瘫痪了。"

她听了，不禁莞尔一笑："是吗？我有一本书，叫《庭院深深》，你想看吗？"

同事愣了愣，尴尬地走开了。

下班了，她第一次大胆地挽着他的胳膊在众目睽睽下走出公司。路上，她开心地看着他，笑着问他："有人说，你有内人，而且有些残疾，是吗？"他听了，半晌不语，她感觉他的心和他的脚步一样沉重，她的心突然也和他的脚步一样沉重起来。

两个月后，他低声对她说："有急事，母病危，要回老家，而且，再回来的可能性很小。"告诉她，要她珍重。她愣了，心里像有什么东西掉下来，摔在地上，摔得粉碎。

"那，你爱我吗？"她望着他那高高的鼻梁和眼睛问。他不说，只是沉默地抬起手，理了理她耳旁的发丝，然后，提着包，头也不回地走了。

一个月、两个月……时间一天一天地过，她的心隐隐地疼。思念让人仿佛一下老了十岁。

五个月后的一天，她辗转找到他的家。这是一个什么样的家啊，裸露着砖的墙，油漆斑驳的门，门口有两个老瓷花盆，边缘有些破了，里面栽着两株玫瑰，她的心疼了一下："我来做什么？有花就有女主人，这里早有女主人了。"她站在门口，想走又实在难舍。门是虚掩着的，她迟疑地、轻轻地把门推开。

"啊……啊啊……"一个迎面而来的声音，让她看到一个斜坐在椅子上的五岁左右的小男孩。小男孩斜着眼睛看着她，嘴巴张得大大的，嘴角流着好长的口水……嘴里发出"啊啊"的声音。她吓住了，准备往门外退，一个声音在她背后响起："你，你怎么来了？"

她回头一看，他站在她后面，眼里有一丝不易察觉的惊喜，又有着忧郁。他手里提着一包菜。

坐下后，她听他诉说。

"父亲去世得很早，母亲身体不好，家里穷，高中一毕业母亲便给我张罗了一门亲事。女方患小儿麻痹症，但家里很有钱。为了让母亲生活得好一点儿，我忍痛答应了这门亲事。屋漏偏逢连夜雨。生了个儿子是脑瘫。他的娘几个月前突患脑出血病故了。所以我不得不辞职回来带孩子……"他说着，眼睛湿润了。

孩子突然不叫了，屋里很安静。

是去是留？

她渴望真正的爱情。但是，生活毕竟不是小说，不是诗歌。结婚涉及家庭、社会、世俗、人情……她柔弱的肩膀能抗得住吗？

含烟迷茫了。

唐大律师的家务事

家家有本难念的经，唐家也不例外。自从二千金一出世，唐大律师就感到头疼，每天在外忙不说，回家还得成风箱里的老鼠——两头受气。为啥？就是为了那千百年都难以解决的婆媳关系。

媳妇自幼家境良好，优越感十足，颐指气使的做派令母亲十分窝火。久居乡下的母亲勤劳善良，贤惠有加。可自从进了城，也成了怨妇，只要唐大律师一脚迈进家门，屁股就像扎着针，坐也不是，站也不是，空气里的火药味一触即发，只有二千金偶尔发出的咿咿呀呀，能让室内的气氛变得稍微平和。

产假一过，媳妇整理了一番，上班去了。她在飞机场上班，职务是会计。只要媳妇一回家，总有这样那样的事。唐大律师的母亲吵着要回乡下，唐大律师好不容易劝住了，或许是最后那句话打动了母亲："再怎么不开心，也要看着你的孙女吧！"

母亲留下来了，也想开了："我累死累活，只是为了自己的孙子。"这样一想，心里释然了，任媳妇茅坑里放鞭炮——炸屎（扎实），也装作没看见。

可是这天，唐大律师狠狠地把两把白菜苔从车上拿下来摔在他最疼爱的妹妹面前。妹妹一见，眼泪汪汪地说："哥哥，你这是摔的白菜苔吗？你摔的是咱们兄妹多年的感情啊！"

原来，唐大律师的母亲拖地摔了，手骨骨折住院，可儿媳妇是看也不看，闻也不闻，借口是家里有两个孩子需要照顾。妹妹看不过去，噼里啪啦地对唐大律师一顿吼："这样的媳妇你还护她做甚？"

唐大律师知道，平日懂事的妹妹这回是真生气了，心疼母亲，可媳妇是说扔就扔的？两个孩子怎么能没有妈？唐大律师纠结不已。

幸好，乡下的爹说话顾大局，也能稍稍压下妹妹的怒火。爹忠厚，是退休教师，现在在乡下种油菜、玉米、花生、谷子，把所有地里能用上的农业机械化都买回了家。做父母的，一心为了孩子，真是没错，唐大律师很清楚父母和妹妹的为人，也很清楚自己的媳妇。媳妇文化不低，就是性格傲点儿，可对唐大律师那是好得不得了。想到这，唐大律师重重地叹了口气。

唐大律师所在的律师事务所是市内最好的，事务所的每一位律师都很忙。唐大律师业绩突出，所以每天都忙得马不停蹄。

几个月后的一天，婆媳又发生大战。婆婆整理好衣服回了乡下。等唐大律师深夜回家，第一次看到媳妇的泪水。唐大律师心中窝火："你还知道哭？"

媳妇把二千金朝他手里一丢："我要回老家！"

原来，老丈人刚查出得了肺癌。唐大律师蒙了。这个家，真是越吵越乱。没办法，只好回乡下请母亲回来，却不敢说老丈人生病的事。可这次，母亲怎么也不愿回来，父亲也站在母亲一边，说儿子都指望不上，还能指望孙子。要唐大律师另请保姆。

唐大律师没办法，只能独自回家。媳妇见他一个人回来，脸一直阴着。

第二天，媳妇发微信朋友圈："早日康复，我最亲爱的爸爸，女儿每日为你祈祷，愿温暖的阳光早日驱散你身上的病魔。"唐大律师看在眼里，急在心里。老丈人只有这一个女儿，如今得了绝症，哪有不回去照料的道理。于是，唐大律师天天往乡下跑，终于说动母亲再次进城来。

母亲说："'百善孝为先'，既然她心里还知道疼她双亲，说明她还是有良心的。"

可是，很奇怪，唐大律师的母亲来城后，却迟迟不见媳妇起程回老家，反而按时上下班，也不提她父亲的病了。

唐母纳闷了，抽空给女儿打电话，女儿释怀地说："你管她那么多呢，连自己父亲都不心疼的人，你还指望她心疼你？好好带两个孙女吧，别的啥事儿也别管了！"

从此，婆媳大战渐渐冷却，井水河水两不相犯。这就是唐大律师的家务事。

林子的对门

林子刚搬来新家不久，就烦恼了！

住在对面的女主人长得秀丽端庄，可对刚搬来的林子，却不知怎么回事，置之不理也就算了，从见到林子的第一天起就脸对着她，嘴里不停地"呸呸"吐着唾沫，眼光阴郁且带着恨意。林子心里怪委屈，怎么就摊上这么一个邻居。林子仔细打量了自己一番，除了身材苗条，模样俊俏，挑不出哪儿有毛病啊。林子真觉得憋屈。

林子善良、温柔，很快和教师宿舍小区的很多人都熟络了，尤其是守门的大爷，常常天南地北地侃侃而谈。每天晚上，林子都牵着孩子和一些老师家属散步，走到大门口就都停住了，围着大爷聊天。可今天不凑巧，撞上林子的对门从外面走进来，不顾满屋子人的眼光，"呸"的一口痰吐到林子脚边，狠狠地瞪了林子一眼，走了。林子蒙了，眼泪在眼中转来转去，大伙儿一看，忙悄悄告诉她，原来，林子的对门有轻微精神病。守门大爷见大伙儿这个情景，不由得呵呵一笑，摸了摸头发，和大家说起了一个故事：

在李花乡的小学，不知何时，语文组年轻的张老师爱上了体育锻炼，尤其是油菜花开的季节。他很搞笑，在操场上跑的时候手里抓着红旗杆，在学校那铺满煤渣的跑道上跑，嘴里还不停地叫着："I love you……I love you……"不跑上十多圈是不会停的。

开始，老师们见了很奇怪，时间长了也就司空见惯了。但有一次，让老师们察觉出了他的异样，而且，感觉到事态的严重性。那是一次语文课，校长发现有一个班下第三节课了也没见学生上厕所，很纳闷，便跑到窗户边一看，学生们乖乖地坐着，神情紧张，教室里鸦雀无声。校长要推门进去，张老师大吼着："不许进来，谁也不许进来！"

老师们都围了过来，大家怕他打学生，可他指着一个叫安子的男老师说："安子你进来，其他人不许进来。"

安子老师望了望大家，缩了缩头，怕。校长急了，一把把他推了进去："你赶紧乖乖地给我守着孩子们去，快去，别让他伤着孩子。"

安子一动不动地坐在教室里，不敢出声。眼看第四节课又下了，安子才对张老师小声说："该让孩子们上厕所了。"

没想到张老师眼一瞪，大吼一声："上什么厕所？都给我到操场上跑步去！"说完飞快打开门，跑到教室隔壁的器材室拿着一大把红旗，塞到学生手里。于是，操场上出现了令全校老师目瞪口呆的一幕——全班的学生，包括安子老师，整整齐齐地举着红旗跟在张老师屁股后面绕着操场跑步："I love you，I love you……"

还有一件事，老师们看出张老师不正常。夏天来了，女老师都穿着裙子或西装短裤。有一天，张老师在办公室挨着刘老师坐下，他左手高高抬起，啪的一下落在刘老师的腿上，说："刘老师！你说你要给我找媳妇的，媳妇呢？"

刘老师疼得龇牙咧嘴直抽气："啊！降龙十八掌啊！哎哟，疼死我了！"

大伙儿吓了一跳，一看，五个鲜红的手指印印在刘老师的大腿上。张老师想媳妇想疯了？患精神病了？

学校见此情况，联系他家里把他送到了精神病院。原来，他有一个女朋友，长得漂亮，他很爱她，但他有一天去找她时，女朋友却对他说："你不要再找我了，我要结婚了。"张老师回来后，沉默了三天三夜，老爹也不知他咋了，饭吃得少，话说得少，然后就这样了。

半年以后，张老师从精神病院出来了，家里赶紧给他寻了一房媳妇，他的病，就再也没有复发过了。有一次在街上碰到安子老师，还亲切地打招呼，很正常了。

说到这，门卫大爷打住了话头，看了看大伙儿，又说了一句："当精神病人凶你的时候，思想是不受控制的，他也不想那样，他也很痛苦！"

"可是，您怎么会知道得这么清楚呢？"林子问。

"我年轻时代课，和张老师带过一个班，我就是那个安子老师。"守门大爷说。

林子突然觉得不烦恼了，她牵了牵儿子的手说："走，回家。"其他人也跟着站起来，和林子一起走在回家的路上。大家有说有笑，谁也没再提起林子的对门。

寂静的山林

　　寂静的山林，寂静的村子，寂静的老屋，寂寞的梅子，寂寞的心。一切都如此寂静而平淡。梅子每天早上送孩子上学后，就慢悠悠地顺着那条蜿蜒的山路回家，早上的空气，静而清新，山路两旁开满了早春的桃花，路的两边是绿绿的小草，中间点缀着几朵不知名的蓝色小野花。向前走去，到处都是紫红色的紫云英。紫云英曾经是梅子心中最美的花。

　　梅子往家走着，望着眼前的紫云英，眼前似乎又浮现出童年时那个举着一大把紫云英朝她笑着跑来的大男孩，那个她叫勇勇哥的大男孩。梅子想着想着，轻轻扬起的嘴角，痴痴地对着那大片的紫云英……

　　如今，她的勇勇哥已经有一年多没回家了，过年也没回来，电话也没打过，同村回来的人对梅子说："好像勇勇过年要值班。"

　　梅子走到家门口，从口袋里摸出钥匙，打开门。她想着还有一大堆事没做呢，要给鸡喂食，要洗衣服，还要在大锅里煮猪食，去集上买玉米种。清明一过，就该种玉米了，那些鸡和猪得吃东西了，对了，还要买些红薯做种，种了玉米，还要再种点红薯，这样鸡和猪就都有粮食吃了。

　　梅子想着，嘴里"咯咯"唤着。她把鸡笼打开，把手里的鸡食撒向地上。七只母鸡，只有一只公鸡，那只公鸡狠狠地啄向挨着它啄食的母鸡，它经常不让母鸡吃食。梅子看着，转身走到屋檐下，抽出一根细竹竿，慢慢靠近那只公鸡，公鸡警觉地晃了晃鸡冠，不停地在地上啄食。梅子悄悄扬起手上的竹竿，快而准地朝公鸡打去，她老早就恨这只公鸡，可能它平时蜈蚣吃多了，坏着呢，连自己的主人都啄。果然，梅子的竹竿刚落到公鸡背上，公鸡就拍着翅膀，一边惊叫着，一边朝梅子冲过来。梅子躲闪不及，左手腕靠近虎口的地方立刻渗出血来。梅子气极了，拿起竹竿继续朝那只公鸡打去，嘴里喊着："打死你！看你不让其他的鸡吃食！打死你……"

梅子使劲打着，手也打麻了，却没有真正打到那只公鸡身上，公鸡太灵活了。打着打着，那只公鸡和母鸡都飞下田坎，跑到绿草中去了。它们不到太阳下山是不会回笼的。梅子扔下手里的竹竿，进屋往左手腕上揉了一把盐。

做完家务事，太阳已升得老高了，梅子从睡房里拿出那幅"家和万事兴"的十字绣，坐在院子里，一针一线绣起来……远处的山野，近处的老屋，院子里坐着的梅子，樱桃花的花瓣被微风轻轻吹落，一切，静极了……

回　乡

　　整整八年没回故乡，莹都觉得陌生了。这次除了回家过年，莹还要去乡下看望三十年没见的云婶，听说她瘫痪了。

　　莹一直记着云婶对她的恩。六岁那年，和莹一块儿玩耍的小伙伴里有个外村女孩，她和莹起了争执，她朝莹的眼里狠狠地撒了几把石灰就跑掉了，大哭的莹被路过的云婶抱着往卫生院跑，救了莹的眼睛。没多久，莹跟着父母回城，再没见过云婶。

　　出现在莹面前的云婶已苍老得快认不出了，但从头到脚都是整齐干净的，头发一丝不乱，脸上淡然平和地笑着看着莹，嘴里不停地叫着"春水，春水"。

　　莹对云婶说："我是莹啊！你不记得我了？"

　　云婶盯着她，嘴里依旧喃喃地叫着："春水，春水。"

　　"妈！"一个背着衣服，手里提着棒槌的女人走了进来，放下背篓赶紧给云婶递过去一杯水，云婶喝了水，便不叫了，似笑非笑地望着莹。

　　莹看着，只差掉泪了："你叫春水？"

　　女人看了下莹，轻轻摸着云婶的头发："不是，春水死了，云婶家惨啊，都是那场车祸啊！现在云婶孤身一人，神智失常，每次叫春水就是饿了或想喝水。我照顾她六年了，云婶对我有恩，我小时候顽皮，玩耍时往别人眼里扔了石灰，跑了，云婶认得我，却没告诉我家人，而我却吓得在草垛后躲了一天一夜……"

莹一听，愣住了。

这时，云婶又叫了："春水。"女人打住话头，忙对着云婶"哎"地答应着，声音温柔极了。

三个人

"一个好汉三个帮，一个篱笆三个桩"这句话就体现在他们身上。

他们三人交情一直很好，这缘于一次偷鸡。

暂且用甲、乙、丙来称呼他们吧。

那是一个冬天，甲的老母死了，死得突然，而且还在正月，没出十五。街上没什么人开门做生意，道士说要一只公鸡来做法事。没有办法，在乙和丙的建议下，甲和他们连夜一路小跑，来到菜市场，穿过那道铁门，钻到卖鸡的那条巷子，也不管是哪个鸡贩子的鸡，在每一个笼子外边，借着打火机微弱的光，硬扯出一只公鸡就往市场外面跑。

那时，乙是菜市场的临时小管理员，有市场铁门的钥匙，混得不错，还拥有两个卖鱼的摊位。而丙和甲只是一般的朋友。就是这场迫不得已的偷鸡行动，让三人喝了鸡血，从此成了结拜兄弟。

既然是兄弟，那就得互相照应，所以三人平时处得比亲兄弟还亲。说来也巧了，甲的姐姐开了家小宾馆，甲便理所当然地把乙的鱼摊介绍给姐，于是乙有了一个大而稳定的生意来源，自然感激不尽，逢年过节总免不了给甲和甲的姐姐家送一些活蹦乱跳的鱼。年年有余啊，皆大欢喜。

丙没什么生意头脑，经营着两张台球桌。甲很喜欢打台球，结拜以后，更是常常到丙那儿照顾生意。只要甲一去，丙那儿生意准好，为啥？只因甲在台球圈有一个绰号叫"头杆儿"，他的台球无人能敌。凡是有甲出现的场子，准有连续个把月的赛事。由此一来，甲理所当然是乙的座上宾了，乙对甲马首是瞻。

甲是做什么的呢？甲就一普通单位的小工会主席，却有一位十分勤劳的老婆。管内又管外，把一家洗车店开得红红火火。

人的欲望是无止境的，日子过得越好，欲望越多。有一天，聪明灵活的甲说，要办个全城最大的农家乐，想法一出来，甲便停薪留职，对妻子半说服半强制地把洗车店转了出去，并购置了一块离城区三十多公里的土地，开始大兴土木，风风火火地修建起来。乙和丙当然是鞍前马后地帮忙。开业那天，各路朋友聚集，小车停满了农家乐的停车场，甲脸上的小眼睛挤成了一条细线。只有甲的妻子知道，除了所有的积蓄和转店的钱，已前前后后投进三四百万元了。甲为了这个伟大的计划，算是孤注一掷了。甲让丙当他的农家乐采购员，这样一来，乙的鱼摊生意也蒸蒸日上。起码一点，光甲和他姐的店，就足以使鱼的销量增大。而丙也兢兢业业地在甲的店内做事，算得上是个美差吧。

但是好景不长。俗话说："隔行如隔山。"甲的农家乐只经营不到两年，就撑不下去了。由于各方面的原因，生意没做起来，店里开始裁员，丙最先提出辞去采购员这个肥差，因为他经过这么久的市场了解，早已暗暗投了一点儿小本去市场做野味生意了。甲便自己跑市场，生意不景气，在乙那儿欠的鱼单已不知不觉累计万元。一日，乙找到甲，诉说小本生意的苦处，甲从小舅子那儿拿了些钱，给乙结清了鱼款，乙的眼里感动得直冒水花，一口一个大哥叫得甲眼睛也湿漉漉的。只是从那以后，乙给甲的农家乐送鱼的次数越来越少，后来几乎没有了。

甲的农家乐到底还是垮了，几百万甩进去连泡都没冒，甲的老婆一生气，留下九岁的儿子和他离婚了。甲痛苦万分，天天借酒消愁，常常打电话叫乙和丙来喝酒，想让他们帮着自己出出主意。

乙来了，话不多，就一句："大哥，你保重。"然后一口酒没喝便走了。

丙来了，带来一只死野兔："大哥，这兔给您下酒吧，我的钱都投在野味店了，你好自为之吧！"

甲抬了抬迷醉的双眼说："没事，我没事……你们忙，忙去吧。"

四年后，甲的农家乐所处的村因扩修飞机场全村迁移，消息不胫而走，甲翻身了。他不仅拿回了当初投进去的几百万，还多了两百多万元的搬迁费。

乙和丙闻声赶来："大哥，该把大嫂接回来了！孩子得有个妈呀，听说嫂子好像还是一个人呢。"

甲微笑着看了看他俩："这酒吃进去，还能吐出来吗？我已经戒酒了，再也不会醉了。"

林妈妈的年

林妈妈八十九岁了，五年前摔跤导致瘫痪，一直卧床至今。

林妈妈有五个儿子，分别叫大毛、二毛、三毛、四毛和五毛。儿子们不团结，但都很孝敬她。

还有一个月就要过年了，林妈妈突然焦躁起来，吃饭不香，睡不着觉，见着儿子们无事都要骂一顿。儿子们丈二和尚摸不着头脑，不知母亲为何生气，决定好好问问她。

这天早上，儿子们围在林妈妈身边，询问为何不舒心。

林妈妈没好气地问："过年还有多久？"

五个儿子齐声回答："还有一个月。"

林妈妈又问："既然只有一个月就要过年了，那咱家怎么迟迟不见忙年？"

儿子们愣了："妈，年年不是都在餐馆订桌吗？为何还要忙？忙这忙那的，忙了满桌子菜，又吃不了，累得慌！"

林妈妈听了，顿时眉毛竖起来，看情势又准备发作，儿子们见状，赶紧赔着笑脸："好好好！您老想要我们怎么忙，我们就从今天开始忙，好了吧？"

林妈妈瞥了一眼儿子们："打今天起，除了上班，下班后都把手机给我关掉，别让我看到你们一空下来就玩手机，把心思给我归正，先把每间屋子打扫打扫，门前门后要弄干净，再去市场上称点猪肉和一个猪头，腌好了熏上，再灌点香肠，对了，买猪头时还要带猪尾巴，这叫有头有尾。再买二十斤萝卜，到时煮猪头时把萝卜切了放进去一起煮，能吃到正月十五。还要准备一百斤糯米，炒点儿炒米，打一些糍粑，对了，糯米糍粑里要掺些小米或高粱，这样会更香，还要去街上买年画，要买有胖娃娃骑在鲤鱼背上的'年年有余'，还要买几副对联贴在门上，再去银行换一些崭新的五元十元的票子，我要给孙儿们压岁钱……"

五个儿子出屋后，都站在外面愣了，心想："这些看似简单的事情，做起来可难了，就说这猪肉好买吧，可到哪儿去熏腊肉呢？这糯米也好买吧，可到哪儿去打呢？得有一个专打糯米糍粑的石槽，对吧？再说，光有石槽还不行，还得准备两个大捶和两块门板啊，人手力气都不缺，可也得找个师傅在旁指导吧？还有，买那有胖娃娃的年画，那可是20世纪80年代盛行的，这不是大海捞针吗？这压岁钱一个孩子给一百不就得了，还非要去银行换成五元十元的。唉！真没办法！"老娘发话了，儿子们就是再难再忙也得办到啊，不能让她老人家过年不愉快。

时间紧迫，儿子们第一次开家庭会议，决定分头行动。大毛和二毛负责买肉，再坐四个小时的车，去山里表舅家找地方熏腊肉和猪头；三毛和四毛开车去乡下找打糍粑的地方；五毛则负责找年画；媳妇们负责在家打扫家里的一切，只有外地上班的孙儿还在准备归来的途中。

离过年只有一个星期了，林妈妈盼咐的事情一样样落实了：大毛和二毛坐车把腊肉取了回来；三毛和四毛也把糍粑和炒米带回了家；只有五毛没买到年年有余的年画，却也买了其他能贴在墙上的花和鸟的油纸画。林妈妈看了，也没说什么，只说少了三样东西：白菜——百事顺喜、青菜——青青吉吉、芋头——遇事顺头，三样一样都不能少。媳妇们听了，心里嘀咕，如今都吃海鲜野味，谁过年还吃那些？赶紧又跑到市场上去买了些回来。

最小的孙儿因为买不到火车票，林妈妈说："开车去接！每年的三十和初一，每个人都得回家！"

经过一个月的忙碌，终于要过年了！

一大早，林妈妈被孩子们穿戴得利利索索，簇拥着坐到了吃团圆饭的桌旁，望着齐刷刷的人、漂漂亮亮的屋子、满桌热气腾腾的菜，林妈妈幸福地笑了："今年的年真好，你们还记得吗？你们小时候我就是这么忙年的。"五个儿子你望着我，我望着你，都感觉今年的年过得特别充实，但吃过年夜饭的当晚，林妈妈便平静地走了。

五个儿子处理完林妈妈的后事，坐在屋内，三毛感慨地说："好不容易才找回小时候过年的感觉，妈却走了。"

大毛却说："我想，妈妈是要我们以后凡事抱成团，好好过日子，日子过好了，天天都有过年的感觉！"

梅先生

旧时私塾，称老师为先生。

梅村的梅大爹年龄六十有三，是村里唯一的老师，村里人都称他为先生。他是老师，但他喜欢别人叫他先生，而不叫老师。

梅大爹写得一手好字，据说，"文革"时期，他不知用这手好字抄写了多少张大字报，也赢得了村里很多女子的心。也是这手好字，惹得他尽得红粉垂青，如今却仍是孤家寡人。平日里就在村里打打麻将扑克，却也是输得多赢得少，一个月退休金也经不起几次折腾，故梅大爹在村人眼里也顶多是个穷酸秀才。但村里哪家有了红白喜事，准少不了梅大爹这个秀才记人情簿，每次到了那一天，梅大爹最精神，因为只有那天，称呼梅大爹先生的人最多，平常大家都叫他梅大爹。

这天，瓜宝媳妇添了男丁，斟满月酒，梅大爹自然成了握笔之人。

谁料这次人情簿记完，瓜宝一清账，少了一千二百元钱。清了数遍，最后疑点落在梅大爹头上。瓜宝和媳妇在房里商量了一会儿，还是决定问问梅大爹，不管拿没拿，问者不相欺。正在桌上吃饭的梅大爹被瓜宝叫到里屋，出来时，梅大爹头是低着的，脸上无任何表情。第二天，梅大爹便把一千二百元钱送到瓜宝手里。

好事不出门，坏事传千里。这事还是传了出去，是瓜宝媳妇一日无意中说出了这个秘密，不出几日，村人便都知晓，从此，再也无人请梅大爹记人情簿了。

梅大爹更清闲了，天天捧着一本书，搬着一把椅子坐在门口晒太阳。梅大爹门前有一棵老枇杷树，一到五月，满树橙黄，树大果甜。村里往往不管老的少的，趁梅大爹有时不在家，便会攀着枝子用手捧着或用衣服兜着，偷偷带些回家去吃，免不了树下会散落一些，却从未听见梅大爹骂过一句。

只是今年不同，一个孩童贪吃，爬上树，把枇杷树枝压断了，自己也掉在地上，屁股摔伤了，到医院躺了两个多月。孩子的娘在村里是个看菜吃饭的人，死活不依，说因为是梅大爹的枇杷树，所以要梅大爹出一半医药费。梅大爹没想到会出这个乱子，他哪儿有钱出，找了一个大晴天，把树砍了，留下一个树苑，每日也不再出门打牌，端着一壶老木叶茶，坐在树苑前看起了书，再不到村口去打牌。

农村的乡下，一到下半年，吃酒的好日子最多。大事小事都办个酒席，图兴旺、热闹。这天腊月十八，瓜宝的媳妇抱着孩子要去吃酒，翻着人情簿，媳妇沉思着对瓜宝说："今儿去吃酒，把欠表叔家的一千二百元钱还了吧，上次咱斟酒时，他送了一千二百元钱，压根没提还钱的事啊，这两年他家也不顺。这次除了要送一千二百元钱的人情，总共要带两千四百元钱。"瓜宝听了，二话没说，从兜里掏出钱，数了数，交给了媳妇。

待瓜宝媳妇写了人情簿，吃了饭，再把要还给表叔的一千二百元钱递给表叔时，表叔说："这钱不用还了，上次你家斟酒时，我拿不出人情钱，就在你的人情簿上写了一千二百元钱，叫那位先生在后面注明没收。"瓜宝媳妇一听，赶紧拖着孩子跑回家，打开人情簿，看到表叔名字的后面果然写了一千二百元钱，只是，没见"没收"二字。

当天晚上，瓜宝和媳妇带着村支书，拉了一大帮乡亲，往梅大爹家走去。当梅大爹接过瓜宝递过去的一千二百元钱时，不好意思地说："当时人多，我忙糊涂了，没有写上'没收'二字，让你两口子着急了，真是抱歉！"

　　寒来暑往，从此，不管梅大爹出现在梅村的哪一个角落，村里人都只称呼他梅先生，再没人叫梅大爹了。

梅婶

"梅婶上午在餐厅摔跤了，已经送医院了！"玉如酒家的员工们议论纷纷，人背时，喝凉水都塞牙，摔谁不好，偏摔梅婶。

梅婶已五十岁有余了，家里条件不好，老公有哮喘病，两个儿子读大学。为了家，她里里外外忙。

梅婶老公从医院愁眉苦脸地来到酒店，说梅婶右脚脚踝粉碎性骨折，要做手术，要先交钱，他想来预支梅婶的工资。看着梅婶老公走进经理办公室的背影，大家都叹气了。

不到十分钟，梅婶老公沮丧地出来了，原来老板因酒店负债经营，早在两个月前交代经理暂时代管，外出避风头去了。没办法，梅婶起诉老板，说自己是在上班时摔的，属工伤，要酒店负责。听说梅婶要做手术，光手术费就要三万多元，还要住院费、营养费，而且，梅婶要求三个月之内结案，说是结案了再做手术。

两个多月后，法院找到玉如酒家的老板，经过四次出庭调解，梅婶胜诉，获赔十三万。当梅婶老公拿着钱叫梅婶做手术时，梅婶却坚决不做，要老公把自己送回家。

躺在床上的梅婶模样憔悴，身体日渐消瘦，像一片深秋的落叶，眼看就要不行了，梅婶说：“快把两个孩子叫回来！”

当孩子们回来时，他们搞不懂为何母亲只摔了一跤，竟会病到如此地步。梅婶支撑着身体从枕头下摸出一张纸，说了一句话，便去了。

那是一张胃癌晚期的诊断书。梅婶说：“餐厅的那一跤是我故意的，就算给这个家做最后的贡献。”

梅老汉

梅老汉不姓梅，到底姓啥都忘记了，只因他的胖老婆不争气，给他生了五个女儿，前两对是双胞胎女儿，他以为之后会是儿子，谁知老婆第三胎还是女儿。五朵金花啊，梅老汉的名字由此而来。

梅老汉属猪，他这辈子算是与猪结缘了。他从二十多岁起，就开始在镇上卖猪药，到现在快六十岁的人了，仍然在镇上摆地摊卖猪药。说起梅老汉，镇上没有不认识的，但凡哪家养的猪生了病，只要到梅老汉那儿买一包药，掺在猪食里，猪第二天准活蹦乱跳。这就是梅老汉的绝活。

梅老汉卖猪药还有一绝，那就是从摆摊起到收摊前，嘴巴都起白沫了，还一直说个不停。嗓门儿像唱山歌，整条街都能听见。

这一天，梅老汉正要收摊，眼见四五个人抬着一头猪急急地朝他走来，没等他回过神来，那头猪就"啪"地掉在他的摊前，原来是头死猪，来人指着地上的死猪对梅老汉说："昨天吃了你卖的猪药，就成这样了，你说咋办吧！"

梅老汉瞥了那头死猪一眼，问那几个抬猪的："我卖了几十年猪药，从没有说我的猪药不好使的，我的猪药——生长九二零，帮很多人脱贫致富了的。敢情你们今天是要砸我的场子，坏我的招牌啊！"

为首的一中年汉子只差掉泪了："梅大爹，都说您的猪药好，我才买回家给猪吃，谁知，嗨，这抬来一头，家里那十几头都倒的倒，歪的歪，都快不行了，你看这可咋整？"

梅老汉一听，浑身打了个激灵："走！快带我去你家，我得去看看，你这猪死了，我可以给你赔，可我这猪药摊不能不摆呀，我要摆不成摊了，我的大闺女就没了呀！"

人们一听，都愣了："这梅老汉是吓糊涂了吧？这摆摊卖猪药和闺女有什么关系？"梅老汉三下两下收了摊，跟着那几个人去看猪，后面跟了一些看热闹的人。

梅老汉来到那中年汉子家，看着那些病恹恹的猪，他不知该怎么办了。他拿出一大包猪药，递给那中年汉子："不要钱，你给这些猪加了量喂进去吧！看能不能救它们。"

中年汉子看了看，迟疑着。这时，一个村民急匆匆带着一个年轻人挤过人群走进来，说是兽医站的兽医。那人熟练地拨开猪眼皮看了看，快速给每头猪打了一针，十多分钟后，这些猪踉踉跄跄站起来了。

大伙儿心里舒了一口气，这时，只见梅老汉大喊一声："我的闺女啊！"

众人愣了，齐问为何，梅老汉带着哭腔说："我卖了一辈子猪药，可这一两个月来我的大闺女也看上了一个和猪打交道的，我死活不同意，可闺女和我拧上了，非要和那猪药匠好，这能有啥出息啊？我卖了一辈子猪药，也没个儿子给我传宗接代，这又找个卖猪药的，不生一窝金花才怪。我对闺女说，要想我同意这门亲事，除非我这几十年的猪药摊不摆了，今天这一闹，我这摊还摆得下去吗？"

众人听了哭笑不得，这真是巧合了。大家笑着说："梅大爹，别伤心了，摊还是要摆的，嫁闺女是另一回事。"

梅老汉指了指刚来的那个小伙："你们说，我闺女硬要看上猪药匠，她就是看上像这小伙子一样的兽医也比卖猪药的强啊，起码他能让猪死里逃生。"说完低着头，穿过人群走了。

小镇不大，小镇小着呢！梅老汉猪药不灵的事一晚上传遍了，梅老汉的老婆生气了，她不是气梅老汉不摆药摊了，而是气梅老汉一大早起来又要去摆摊："你的猪药都失灵了，还要去摆，这不是说话不算话吗？"

梅老汉一歪头："不摆？让你把闺女嫁给那卖猪药的？"

"那有什么不好？比你强百倍呢！"老婆和梅老汉杠上了。

原来，这段时间为了女儿的婚事，老两口闹上了，梅老汉甩下一句话："想要我同意，除非我这猪药摊不摆了！"可梅老汉也没想到，就是这句话断了他的财路，从此猪药无人问津了。

几个月后，在梅老汉老婆的张罗下，大闺女出嫁了，梅老汉憋在屋里谁也不见，新郎和闺女齐齐跪在门前台阶上等他出来，足足跪了一个多小时，梅老汉才肯出来，见到女婿的那一瞬间，梅老汉蒙了，原来是那个把猪给救活了的年轻兽医。

女儿看着梅老汉说："爹呀，您那天说过的话可不许反悔哦。"

梅老汉奇了："我说啥？"

"您说，就是看上像他这样的兽医也比卖猪药的强……"

原来，那天那场抬死猪、救猪，是梅老汉的老婆想的一个计策，她不忍心看着情投意合的女儿女婿痛苦，在梅老汉和她赌气说了那话后才出此下策逼梅老汉就范。

小镇不大，小镇小着呢！梅老汉的事又好好让小镇人乐了一回，梅老汉的猪药还在卖，只不过，由摊移到了店里，把药放到女婿的兽医站去卖了，生意也更红火了。

年

今年过年，好像不是因为小辛回来才热闹，尽管他已经两年没回家，话题还是小辛谈朋友的问题。年前，爷爷奶奶已代替小辛相了好几次亲，结果都黄了，原因很多。这次小辛回来的任务，就是大年初三见一个女孩。

吃年夜饭了，满满一桌子菜，小辛的碗里已经堆成小山。爷爷一个劲儿地帮他夹菜，一个劲儿地说："吃，吃，多吃点，在外边总是没家里好，过完年想法把你调回来，襄樊那地方太远了。这次的这个女孩可要看好了，只要人品好，钱咱有的是，啊！"

奶奶白了爷爷一眼："那也得门当户对呀。"

爸爸嚼着一块腊肉："啥叫人品？啥叫门当户对？那得讲综合素质，对吧？首先就是外貌，我可不想我的后代长得像猪八戒。"

坐在小辛旁边的妈妈拍了拍小辛："最重要的是人要贤惠，这样才好相处，要不然，娶个爱惹麻烦的媳妇我可不干。这次这个女孩要是再没谈成，妈再帮你好好谋一个！"

小辛望着面前的"小山"，半晌，语气坚定地说："这菜太满了，我没法吃了，我自己去盛一碗吧！”

　　小辛的话一出口，空气顿时沉闷下来，菜，渐渐凉了。

　　这个年，过得并不愉快。

桃花依旧

"记得小桥初见面，柳丝正长，桃花正艳……"窗内，明逸沉思着，整整半年了，做酒店董事长的母亲一直催他结婚，且介绍了一些她心中的名门闺秀，但他一直保持着沉默。今天，他又一直听着《我心已许》这首歌，这是阿娟最喜欢在电话里给他唱的歌。

阿娟，一想到这两个字，他的胸口一阵阵难受。就在两人要见面的前一天，阿娟消失了，这让明逸不知所措，却又无可奈何……

"明逸，我只是一个小店员，你为何放不下我？"半年前，阿娟在电话里问他，"我大学没读完，为了给妈妈筹药费，弃学打工，我配不上你，你是国家公务员，我们是不能在一起的！"

"不要这样说，你是个好姑娘，我认定你了，我要给你幸福的生活。"听着阿娟轻柔、恳切的声音，明逸似乎看到她那明亮眼睛背后隐藏着的泪花，他一阵晕眩，好不容易定了定神，对着话筒说，"阿娟，什么都别说了，我从长沙回来就去见你，去见你的母亲，我要娶你回家。"阿娟只知道他是公务员就那么惶恐，如果……他不敢想了，也不敢说了。

"那好吧，我答应你，明逸，我给你唱首歌吧。"阿娟的声音像风吹柳叶般美，电话这头的明逸听着，笑了。

那天，明逸的母亲生日，他买了一只玉镯。经过市内的小观音桥时，天下起了大雨，慌忙中，他从桥上跑到一个屋檐下避雨，可是有个姑娘，也就是阿娟，也跟在他后面不停地跑着，她捡到了他的东西，看着那东西从他裤袋里跑出来，雨太大，她叫他，可他听不到，等玉镯放到明逸手上时，阿娟浑身湿透，雨水从头发丝流到清秀的脸庞上。不知怎的，看见阿娟的那一瞬间，看到那湿透的头发，看到那递过首饰盒白皙的、湿漉漉的手，明逸的心里突然有了一丝心疼……

或许，这就是缘分？明逸想。

当阿娟把玉镯递给明逸时，压根儿没想到，明逸的心也湿润了，而且，再也晴不了了。他留下了她的电话，因为第二天早上他要去长沙。因工作需要，驻长沙半年。

半年的通信，半年的交往，明逸和阿娟心心相印。灰姑娘的故事是童话，可对他俩来说，这却是真的。作为十六家连锁酒店的继承人，明逸找到了他的水晶鞋的女主人，当然，这一切都要等和阿娟见面了才能坦白。

"娟，你就是我梦里的人，一种相思，两处闲愁，此情无计可消除，才下眉头，却上心头！"明逸在微信上对阿娟说。

"君住长江头，我住长江尾，日日思君不见君，共饮长江水。"阿娟回信了，她的才情不低于明逸。

爱情的滋味是甜美的，也充满了漫长的期待，明逸和阿娟爱得深沉，爱得缠绵，手机成了他们天天"见面"的工具，两人都有相见恨晚之感。一切都那么投缘，无论是语言还是思想，都是一致的。明逸对阿娟说："还有最后一个月，等我，在小桥上，等我回来！"

一个月后，当明逸欣喜地来到小桥，却没有看到阿娟苗条的身影。没有留下一句话，阿娟一下子从明逸的生活中消失了。他百思不得其解。打电话，手机停机；

找到她打工的小店，她已辞职；找到她乡下家中的地址，发现她唯一的亲人，她的母亲已过世，村民木讷地看着他，不相信他是来找阿娟的，也不知道阿娟哪儿去了，只是摇头、摇头……

明逸快疯了，他不相信她会不辞而别，可她确实就这样不见了，而且，非常彻底。

窗外的柳条随着微风轻轻摆动，明逸坐在窗前，望着那些柳条，心是茫然的。

"喂？请问是叫明逸吗？我们这里是人民医院，有位病人要见您……"桌上手机响了，明逸拿起一听。

"病人？"他心头一颤，放下手机，他快速冲出单位，打车往医院赶去，当他推开病房的门，一张清秀且苍白的脸出现在他眼前——阿娟。失踪了那么长时间的阿娟。

明逸抓住她的手，死死地盯着她："为什么？"

阿娟从苍白的嘴角挤出一丝微笑，呆呆地、傻傻地、痴痴地望着明逸好长时间，才轻轻地说："在你快回来的那个月，妈走了，我却查出了肺癌，不想连累你，所以，所以……"

明逸抱住她，紧紧地抱住她："不管你怎样，也不能离开我，你要跟我说。为什么不告诉我？让我这半年来生不如死，我说过，要给你幸福，你要等我回来！"

他抱着她，心疼地流下了眼泪，阿娟抬起手，擦干他的眼泪，说："不，万一我治不好了，我不想连累你，可是，经过这半年努力，医生说我的病状消失了，也就是说，不是肺癌，是肺结核，只要补充营养，好好调理，我就没事了，今天叫你来，是让你来接我的。我妈妈不在了，我就只有你这一个亲人，不叫你，又叫谁呢？"

阿娟的话，让明逸的头越抬越高，眼睛越来越亮，还没等阿娟说完，她就被明逸高兴地抱了起来……

打麻将

　　和子的麻将馆生意最好，人最多。

　　上午九点，和子媳妇还在门外小巷的摊摊（小饭馆）吃米粉，守在店里的和子便打来了几个电话催她："快点回来，腿儿来了！李姐和毛三都来了，要打长沙麻将，快回来喊人凑桌！"和子媳妇赶忙低头狠狠往嘴里扒了几口米粉，边嚼边从包里拿出手机，开始打电话喊人。

　　和子媳妇打着电话朝店里走去。

　　"老板娘，我们都来了半天了，你倒好！人呢？赶紧喊两个会打长沙麻将的腿儿来，今天说啥也不玩直通车了，玩长沙麻将！"毛三站在麻将馆门口跟边走边打电话的和子媳妇嚷道。

　　和子媳妇走到毛三跟前，脸凑到毛三耳朵根边，笑嘻嘻地问："你说老实话，你昨天到底赢了多少？"

　　"我就赢了八百元多点，不信？哎呀，我的姐姐唉，我还能赢多少呢？哪次不是孔夫子搬家——摸到就是书（输）？十玩九输，就赢一回，你还想要我还你那几百元钱的账，得了吧，这几天手气好，门子高，让我再赶几天本，赢多了就还你！"毛三大声说着，一屁股歪到沙发上斜躺着，"和子姐，今天叫个好腿儿，别像昨天，才两个小时就打不下去了，几个穷腿儿、软腿儿！"

"去！"和子媳妇不满地瞪了他一眼，转头和李姐说话，"李姐，还是你好，不管输赢，从不多话，哪像毛三，输了哇哇叫，赢了飞毛腿……"

"嗨，别老说我啊！我没睡着呢！"毛三抬起脚尖，踢了踢和子媳妇的椅子边。

和子嘿嘿笑着，递了一根烟："三儿，昨天赢的钱都上交了？昨天回去没挨骂吧？"

毛三打个哈哈："那是，给媳妇五百元钱，要不然不把我关在家里憋死。说真的，老婆骂咱没出息，咱也不服气，可不服气又能咋办？做生意没本钱，而且生意也不好做，想找个班上吧，也没人要！"

"你呀，当超市保安不是挺好的吗，又嫌钱少，不做了，高不成低不就。得，就天天在我这里给我凑腿儿吧，我这麻将馆还少不了你呢，你是全能冠军，扑克、麻将样样精通，哪缺哪填！"和子媳妇掉过头来说道。

"那是，那是，姐，那几百元钱就免了吧？啊？你不知道，这钱经不起几下折腾，千多块钱两天就没了！保安，保不了安啊！"

"钱是钱，腿儿是腿儿，两码事，我才不给你免了呢！"和子媳妇使劲踢了一下毛三的脚，毛三叫着搬起脚。

他也不含糊，一把扯过和子，挡在自己面前："你打，你踢呀！"正闹腾间，住在五楼的杨校长下来了，他是三岔乡联校校长，放暑假了没事干，天天到和子这儿打麻将。

"哎哟，校长来了！来来来，我们四个人先上，等来人了我就让。"和子媳妇边打招呼边插自动麻将机的插头。

杨校长看了看毛三，笑着说："毛三，那天你给我点一炮，你冲一个，我冲了两个，你应该给我开四十元，可你没钱跑了，今天我可是要在桌子上扣回来哦！"

"哎呀，校长，还没开桌你就要扣我的钱，看样子我今天是床下放风筝——飞不高啊。"毛三嘟囔着说。

他拉开麻将机前的一把椅子，正准备坐下去，李姐一把扯住他："三儿，你别坐我上手，我坐你上手，你卡子厉害着呢，老糊不了牌。"李姐把毛三摁在另外一张椅子上，这时，杨校长及和子媳妇也坐了下来，随着麻将骰子的转动，紧张的"修长城"工程又开始了……

屈老汉的幸福

屈老汉很幸福。

在农村乡下，虽说现在生活比以前好很多，可六十多岁的男人在山外挣钱的多了去了，没出去挣钱的也都在村子附近找零工或种庄稼。可屈老汉什么事都不用做，还不用为钱发愁，老伴去世后，儿子屈中央不时会把他接到城里住两天，再依依不舍地开车把他送回来。

熊壁岩村因熊壁岩山而得名，说大不大，说小不小，因海拔一千多米，地势险要，交通不便，能真正从熊壁岩山腰上不足一米宽的羊肠小道上走出去而发达的，目前只有屈中央。这不，今天上午又有一个新闻传开了："屈中央要在城里盖房子了，五层哪！"

乡里乡亲都瞪着双眼、竖着耳朵、嘴巴张得老大："哇！真是有钱啊！中央在城里不是有三套房子吗？还修？有钱真好，想干啥就干啥！"

吃过早饭，屈老汉顺手拿起锅边的刷子，斜抽了一根细签，边剔牙边朝外头望了望，眯缝着一双细眼，迈步走出屋子。

早饭后溜达一个小时，是屈老汉这几年才养成的习惯，是他进城和城里人学的。山斜坡上那几块苞谷地早就荒了，中央说了，只要他享福，啥事也甭做。想起

174

当年为了娃读书，不管天寒地冻、暑夏酷热，他都上山砍柴挖葛、下水捞鱼摸虾、田里捡田螺、草中捉蛇，啥都做过。如今娃有出息了，每月给的钱多得用不完，就那城里人时兴戴的大金戒指就买了七八个呢。屈老汉悄悄地藏着，只在晚上睡觉时拿出来戴在手上，早上起床后又把它们取下来放好，生怕这些宝贝被穷乡亲偷了去。再说了，农村也没有像他这把年纪还成天戴着金戒指晃悠的，细瞧瞧这几年才稍微没有老茧壳的双手戴上了金戒指，咋看都不好看呀。

想到这些，屈老汉边走边笑，这好日子，得多过些年头呀！走着走着，他到了村口，乡里乡亲看见了都很恭敬且很时髦地打趣道："屈大爹，您老又散步？"屈老汉"嘿嘿"一笑算是答应，脚下的步子越发显得悠闲了。

有两只大黑狗跑到他面前，亲热地在他的脚边儿拱了拱、闻了闻。这是尹寡妇家的狗。只见尹寡妇的小儿蔫着脸从屋里走出来，有气无力地对着屈老汉勉强笑了笑。屈老汉一见："咋的了，二子？"

"大爹，我娘昨天又一直吵我呢，说我不找事做，光吃现成的。明天您跟央子哥说说，让他在街上给我找个工作做做吧！"

屈老汉瞥了一眼站在门后的尹寡妇，大声说："行！没问题！娘俩别吵了，回头我对央子说去，甭急了啊！"最后那个"啊"字特别重，像是怕屋内的尹寡妇听不见似的。

日子就这样一天天过去了，田里的油菜花开了又谢，谢了又开。屈老汉的儿子在城里头混得越来越好，屈老汉也越来越开明了。他时不时戴着金戒指在太阳底下晃晃，皮鞋西裤穿着，逢人便夸自家中央好，有出息。村里人都公认："全村数屈老汉的日子最好过。"有些人则背地里叹气："唉！谁让别人家养的是虎而自己家养的是犬呢？"

不过，村里出了这么一个发财人，也是值得高兴的事。现在，村子里的人只要一说到屈老汉，没人不艳羡的，就连尹寡妇家的大黑、小黑，也爱跟在屈老汉屁股后面跑，村里人都打趣道："这屈老汉的屁都是香的，连狗都爱闻！"然后便是一阵大笑。村里的一群老头、老婆子，有事没事就往屈老汉家跑，都说想沾点发财的喜气。凡来了人，屈老汉都会敬烟、敬茶、端点心、递水果，忙个不停，忙中有乐啊。于是，他家天天像赶大集似的，人流不断。

忽然有一天，村里人不约而同发现一个问题：好些时日没见屈老汉散步了。村里人走出家门，你问我，我问你，然后又都摇头说不知道。

有人说："尹寡妇也是好长时间没见着了。"

又隔了些时日，尹寡妇的小儿急慌慌地从城里回来了，逢人便说："糟了，糟了，可不得了。屈中央不好了呢，查出来得了白血病，说是不好治，已经转到省城了。医生说得尽快换骨髓，请我妈在医院伺候着呢！已卖了两套房子，还要把剩下的房子卖了凑钱救命呢。屈大爹也急出病了，躺在医院打氧气呢！"

村民一听，都愣住了，半天，有人嘟囔着说："央子怎么会生病呢？怎么会呢？他可是咱村的骄傲啊，他那么有钱，怎么会生病呢？这病咋说来就来了呢？城里那么多房子，说卖就要卖了啊……"

有的笑着摇头："看！乐过头了吧？草鸡还想成凤凰？哼哼！"

人称半仙的张大爷，从来见了屈老汉都是点头哈腰地赔着笑脸，此时也直起了腰，大声嚷着："这命里是八两，还想充一斤？"眼珠子恨不得瞪出来。

围着他的人，都信服地点着头。

屈老汉家从此再没有人登门了，据说邻家的鸡、狗路过，都要绕着道跑呢。

烫　发

老张还是走了，在新年的第一天清晨。

他是头一天从脚手架上摔下来的。

老张生前给人帮了不少的忙，可他走时，来给他帮忙的那些人还说钱开少了，就连孩子的亲舅舅也是空着两手来的。

老张的儿子小张哭了，他不仅哭自己的爹，还哭那些在老张去世后那么冷漠的人。他当着大伙儿的面，只说了一句："这个世界，除了少数的善良，剩下的只有冷漠。"这个颇有些文学素养的年轻人，刚从广东赶回来。他是个发廊学徒。

出租房里，小张望着墙上先后去世的母亲和父亲的照片，心里疼，想着还在上高三的弟弟，小张知道重担来了，他真后悔三年前没听父亲的话，不上大学，而去广东打工。谁知这一去竟然是永别。

他要开店，开一家理发店。

东拼西凑，小张的理发店在冬季开业了，第一个上门的顾客是一位六十多岁的女人，这个女人很奇怪，头发似乎掉了一些，不多，但她非要小张给她烫大波浪的发式，小张觉得很难，一是这位客人头发不多，二是她的头发也不长，如何能烫大波浪呢？

小张的迟疑被那位女客人看在眼里，她问了一句："不行？"

"啊，不，完全可以！"小张大声答应着。

经过三个小时的忙碌，女客人的头发烫好了，望着镜中自然蓬松的头发，女客人似乎很满意："我是第一次到你的小店，可却是我今天走的第五家理发店，前面四家都不给我烫，说是这不好那不妥的，唉！老了！想爱下美都没人搭理，还是你这小伙子好啊！"小张恭敬地笑着，送走了他的第一位客人。

两个月后，那位女客人又来了，要求小张给她换成小鬈发。小张看了看她，不知何故，她的头发似乎比上次少了些，做成小鬈发根本不受看，可是看着女客人似乎有些倦怠的神情，小张还是细心地给她做好了。

又过了两个月，女客人又来了。这次，她的头发更少了。这次，她要求小张给她烫成中鬈，小张犹豫了，他试探着说："这位阿姨，头发……已经太少了，这……怕做了也不好看，再说，烫发起码要间隔半年，你烫发的次数和时间太密了，这对头发和身体都不好啊！"

女客人淡淡一笑："没事，反正是要走的人了，哪怕只剩一根头发，也要让它美丽时尚。医生说，我只有半年多的时间了。"小张听呆了，他细致地弄着那位女客人的头发，生怕弄断一根。烫完以后，小张拒绝了她给他的烫发钱。

两个月又过去了，那位女客人再也没来，小张的心里怅然若失。这天下午，他收到了一封信，信里还有一个房产证，证上写着他的名字。当小张莫名其妙地打开那封信时，他的心颤抖了，信上说："你是个好孩子，和你父亲一样善良，我无儿无女，三年前结识了你的父亲，是他一直照顾我，疼爱我，在他出事前的晚上，他守着刚做完手术的我，通宵未眠，以至于第二天从脚手架上摔下来，我走了，无牵无挂，仅剩下这套房子，虽说小了一些，但能让你兄弟二人有个立足之地……"

刊于《东昌日报》2017年

永远的七夕

又到七夕了，小帆在花店里忙得不亦乐乎！快到中午十一点了，早餐是什么味道都还不知道。

不知什么时候，每年二月十四日西方的情人节在国内也开始时兴，但每年的七夕，似乎比情人节更胜一筹。自古以来，牛郎织女的爱情故事就一直流传在人们心间。虽世事变幻，但牛郎织女七夕相会的故事却令人们越来越怀念，买花表达爱情的人越来越多。于是，每年七夕——中国的情人节，小帆都会进许多货，尤其是玫瑰花。小帆穿梭在摆得密密麻麻的花丛中，感觉好极了，让她每年的这天从早到晚都沉浸在这种浓烈的花香里，饿并快乐着，忙却微笑着。

花店的玻璃门被推开了，走进来一位三十多岁的男子。他望着那些花，对小帆说："请给我九十九朵玫瑰和一束勿忘我，玫瑰要含苞的！"

小帆听了，赶紧走到玫瑰花桶边："这位先生，您坐一会儿，马上就好！"

"不，我不用坐，我要看着你挑花，必须要含苞的，这样花开的时间长点儿。"男子说。

"好的，那我给您一朵一朵地挑吧。"小帆回答着，边快速地看了男子一眼。

说真的，要从那么多玫瑰花中挑出九十九朵含苞的玫瑰，不是件容易的事。小帆认真地蹲在花桶边，一朵朵的含苞玫瑰从花桶里挑出来。男子一直目不转睛地盯着小帆在花桶边忙碌的灵活的双手，直到九十九朵全挑出来，他的眼睛才移到那一堆红得扎眼的花上："再麻烦你给我用纯白色的包装纸包好！"

用白纸包红花？小帆觉得新鲜。她想，现在的年轻人就喜欢追求新奇。"是，先生，那您坐着等吧。"小帆说。

"不，我就站着看你包吧，你一定要小心点，别弄掉花瓣，多放点花泥吧。"男子叮嘱着。

"好的，您放心！"小帆又看了男子一眼，男子长得真帅，笔挺的西装，一米八的大个子，器宇轩昂。小帆想，他送花的女人，也一定是个非常美丽的姑娘。

不一会儿，花包好了，她习惯性地拿起香水喷壶，准备往花上喷洒一些。

"等等，不要！不要加香水，就让它自然香便好！"男子快速挡住小帆的喷壶，"等会儿那束勿忘我也不用喷这个，记住，还是用白色包装纸。"

小帆定睛望着男子说："好吧，先生，我会按您的要求做！"小帆细心地包那束勿忘我，羡慕地说，"先生，您的妻子真幸福！看得出您既温柔又体贴，还细心呢！"

"嗯！"男子若有所思地说，"给我的爱人买的，真心相爱九十九天的爱人！"

小帆笑了："哦？先生，怪不得您买九十九朵呀！"

"是，九十九朵，九十九天，天长地久，真的……已经天长地久了！"男子的眼眶有些湿润了，他定定地望着手上那一大束红玫瑰，像是对着花，又像是对着小帆，更像是在自言自语，"你信吗？相识、相恋、相知九十九天。和她相处的日子是那么快乐，我天天开心得都要唱歌。"

"哦，你女朋友是做什么的？也在你们公司上班吗？"小帆不由得进入故事里了。

"不，她是交警。我有一次违章开车，她耐心地教育我，我一下就喜欢上她了。我们就这样相恋了。"

"缘分，天意。这就是命。"小帆看着男子。

"命？"男子脸色变得凄然，"那年的七夕，我们说好去西子湖畔，可她却替生病的战友顶班，为了救一个孕妇，被一辆奔驰撞了……"男子眼睛一下子涌出了泪水。

"我一辈子都忘不了的，是在病床上，她紧紧握着我的手，用尽最后一点儿力气说：'我从小父母双亡，没有什么牵挂。最放心不下的是你。你性格太软弱，怕做不成事。我走了，你要记住我的话，坚强！'我把她的话牢牢地记在心里，我发誓要坚强，于是下决心去闯世界。现在，已经是一个国企的副总了。五年了，每年的七夕，我都要去她的墓地，献上九十九朵红玫瑰。"男子擦干了泪水，露出一丝微笑。

小帆接过男子递过来的钱，站在那儿，她突然从男子付的钱里抽出几张，然后很坚决地把余下的钱塞到男子的口袋里："去吧，今天我只收花的本钱，如果我说不收，你也不会同意的！这些花，也算是我的一点儿敬意！"男子推辞了一番，最后对小帆点了点头。

小帆望着他远去的背影，转身从花桶里取出三朵玫瑰，精心地包装好，对店内的工人交代了几句，便快步朝家里走去。她想起曾经对母亲呵护备至的父亲自从四年前去世后，母亲便再也没有收到过表达爱的玫瑰花。

牛屎墙

　　舍巴是斤二爹唯一的儿子。

　　舍巴长得丑，身高还没有门后的柴棒高。

　　斤二爹媳妇死得早，一人把舍巴拉扯大，这么多年了，也没再找，原因八个字——长得太丑，家里太穷。

　　歪窑出歪瓦，舍巴长那样，当爹的也好不到哪去。这不，舍巴眼看快二十六岁了，还没见媳妇的影，在哪方都不知道。

　　现在的农村青年，能出去的都出去闯荡了，不能出去的也在附近做体力活或小生意。可舍巴个头小，想做活没人叫，白开工钱，谁肯呢？做小生意吧，本钱不够，人也不够圆滑。于是，老光棍和小光棍的日子，就这样清苦地一日接一日地过着。

　　斤二爹用自种的扫帚苗扎了一些扫帚，逢乡场，便和舍巴一起扛到场上去卖。这是在村民眼里，两人唯一能见着钱的事！不逢场，斤二爹就在家做农活：种菜、熏肥、锄草什么的，而舍巴便去离家不远的小麻将馆溜达，久而久之舍巴就成了麻将馆的常客，不过，不是打麻将，而是玩一元钱一次的扑克游戏——三打哈。玩着玩着，舍巴就忘记了自己的爹扎扫帚卖的事；玩着玩着，村民做活计就更不叫他了；玩着玩着，舍巴也忘记了没找媳妇的事；玩着玩着，舍巴的扑克瘾越来越大，一元钱一盘的三打哈，手气好时能赢一二十块钱，比扎扫帚卖强多了，可输起来，照样得把赢的钱抖出去还要倒贴，舍巴坚信，他的扑克水平会越来越高、越来越精，能把输了的钱赚回来，而且还要赢钱给斤二爹用，让他不用再扎扫帚卖。

舍巴的心是孝顺的。每天早饭一吃，他就出去了，吃晚饭时就回来，碗一放又出去了。斤二爹只这一个儿子，打也舍不得，骂也舍不得，只好由他去。每天等舍巴出去了，他便出去捡牛粪。如今的乡下，牛也不多了，牛粪也没人要了，不像以前，牛粪就像宝。斤二爹每天沿着村里那几头牛走过的路，很容易捡到牛粪，看着斤二爹每次捡到牛粪堆在家里的院子里，村民都说他做了一件好事，起了保护环境的作用。斤二爹天天把捡的牛粪带回家，舍巴也因此事在牌桌上获得一个荣誉称号——观音院的一堆牛屎趴，理由是他扑克牌技太差，天天出错牌挨骂不算，还得从兜里往外掏钱。于是老光棍和小光棍都变成了村民心中的牛屎趴，更有甚者，说舍巴是"稀泥巴糊不上板壁——没用"，这种说法一传开，村里的姑娘见舍巴都绕道了，仿佛真遇见了一堆牛粪。

这天，舍巴又输了二十多块钱，他往家走去，隔老远就闻到一股浓烈的臭味，走近一看，斤二爹忙得满头大汗，正在院子中央把那牛屎、稀黄泥、水掺和在一起。

"爹，这是做甚？"

"和牛屎，和好了，糊牛屎墙！"斤二爹边忙边说。

"爹，这牛屎还能做墙？"舍巴不敢相信自己的耳朵。他从小到大，只听说过黄泥巴墙，没听过还有牛屎墙？

"那当然了！"斤二爹不以为然地说，"你晓得什么？黄泥巴墙哪有牛屎墙结实？你知道牛吃的是啥不？草，拉出来的也是草，牛屎里面就有草屑，和着泥巴糊墙，牢实着呢。风吹雨淋都不怕，挺管用！"

舍巴听了，愣愣的，他还从没见过牛屎糊的墙，也不知爹为啥要捡那么多牛屎糊墙。十几天后，舍巴家的三间老瓦房变成了牛屎糊的墙，虽说和村里一些小楼房无法相比，但隔远望去，特有怀旧感！

斤二爹对舍巴说："反正咱家也穷，也指望不上你，趁我还做得起，把这三间屋子好好'包一包'，也免得以后风吹雨淋！"舍巴听了，有些歉疚地望了望斤二爹。

一天，村里来了几个过路人，走到舍巴家的牛屎墙边站住了："天啊！找到感觉了，终于找到感觉了！多好看，多有历史感的墙啊！"

斤二爹见了，乐呵呵地对那几个过路的说："在这上面也能找到感觉？这是没法子的法子啊！"说着便和几位客人聊开了……

舍巴在一边听着，不知怎么突然灵便了，赶紧跑进屋拿出罐子里放了好几年的老木叶茶，泡了端出去给他们喝，三个客人喝了以后，赞不绝口地说："好山，好水，好一个山野茶啊！"喝毕，留下几张红红的票子，说是走渴了，难得遇到一处歇脚地儿，算是给的茶钱，不用找了。

望着几人喝空的茶碗，望着那红红的几张票子，舍巴和斤二爹激动不已：家里从没来过贵客，今天这三位客人是从哪儿来的呢？但激动的日子对他们来说毕竟是少见的，舍巴和斤二爹的日子照样冷冷清清的。

没想到，一个月以后，村支书带着一个大喜讯来到斤二爹家：市委扶贫办决定把本村立为重点扶贫村，因为本村有其他村落没有的牛屎墙。村委会决定依上级领导建议，以村委会的名义办一家村级茶馆，由舍巴任经理，这真是喜从天降。

原来，那三个茶客是市委扶贫办的，斤二爹和舍巴沾了牛屎的福，立了一大功！

刊于《小小说出版》2016年第3期

婚姻的味道

这是一个发生在1996年的故事。

"裤子一律十元钱,上衣一律五元钱。"店门口的红色招牌瞬时吸引了大街上众多诧异的目光,这是一家进货不错的服装店,平时生意也不错,人们惊讶,却也窃喜地连忙进店,有的买三条,有的买五件,不到两个小时,店子里的货已去了一半,老板娘丽静静地坐在店内的一张高凳上,一句话也不说,空洞的眼睛里茫然、冷漠地望着这繁忙的一切,仿佛一切与她无关。她的妹妹不停地卖着货,收着钱,旁边店里的同行都不约而同走进店来,同情地看着丽,想说些安慰的话,却又不敢开口,只好悄悄地回到自己店里:"可惜啊!那么多好衣服,几万块钱的货,就这样胡乱便宜卖出去了!"

"唉!造孽呀!"

临近中午时,店几乎空了,货,所剩无几了,只有少数几个顾客还在不甘心地挑着。旁边店里的同行们摇着头议论纷纷,都说这次丽和军的店子亏大了。突然,所有人的目光随着一辆疾驰而来的摩托车而集中了,车上快速下来一个戴墨镜的男人,他一声不吭地望了望店门口的牌子和空空如也的店面,又飞快掠了一眼近乎痴坐的丽,在店里来回走了两步,然后飞快走出来,一个箭步跨上摩托车,车子随即离开，留下车屁股后边一缕青烟。

丽冷冷地坐着，她已经不知道自己坐了多久，她的心冷了，目光冷了，当听到熟悉的摩托车远去时，她的嘴角浮起一丝冷而绝望的轻笑。

这是军进的货，丽把它们全部便宜卖了，人都没了，还要货干什么？

仅仅两年的时间，军和丽就发财了。军头脑灵活，衣服进得好，嘴也会说，凡进店的女人不买衣服的几乎为零。军除了进货，在不久前还和人合伙买了一辆专门跑株洲的进货卧铺车，在这个小县城算是不错的，买车不到三个月，便有一个相好了，听说比丽长得丰满，辫子老长，可没多久，军和那女人在外租房的事便被丽知道了。

做生意的人多，你不说他说。丽是一个不会暴怒的人，她不相信平日里早晚陪她一起打羽毛球的军会背叛她。丽低头看了看自己平坦的胸部，想起军对她说过的话："你哪儿都好，就这里不好。"而那个女的，听别人说，身材丰满，丽静静地想着。手不自觉地放到胸口上，她觉得胸口疼极了，觉得心已经被掏空了。

"离婚吧！"丽冷冷地，看也不看沙发上的军。军不作声，照样骑着摩托车走了。今晚卧铺车发车，他要跟车到株洲，平时丽总会给他把衣物杂什准备好，现在她不可能为他做这些了，对一个已经背叛自己的男人，她的心冷透了。

两天后，传来消息，车子在汉寿县撞了，车坏了，人也伤得不少，要丽赶紧过去。

丽如五雷轰顶，都说买车的老板不能随便在外碰女人，不吉利。可军偏碰了，还在外同居，这下好了，车子没用了，人也伤着了，这些怎么赔得出来？还有，军，他不会……丽的心里打了一个激灵，想也没想，拿了包和钱朝车站跑去。

军没死，却在医院住了半年，那个长辫子的女人一次也没有来看过他。一日夫妻百日恩，丽还是用心地把他照顾了半年。车子上了保险，可伤的人还得丽自己掏腰包补偿。这件事下来，丽的存折上也空了，而且，还负了债。

半年后，军出院了，车子也卖了，照样每星期坐别人的车去进货，进货回来卖货，丽则在店子里守店、收钱，生意又渐渐好起来，一切又恢复了平静。

脾　气

电话响了好一阵，她看了看号码，没接，等到响了好多次，她才拿起电话，板起脸，扬着声，对电话吼道："打电话干什么？"

电话那头，弱弱的、克制的声音说："妈，你这段时间还好吧？"

"好什么好？好又怎么样？不好又怎么样？你今天假装关心起我来了，哪天我长蛆了你都找不到！"说完她气冲冲地挂了电话。

这是大女儿的电话。

"妈，开门，是我。"

她打开门："跑来干什么？看我死了没，是不是？"她蹙着眉头、斜着眼让二女儿进了屋。

"妈，别这么说，我这不是来了吗，这几天忙呢！"二女儿嬉皮笑脸地说。

"忙你就走呗，我又没请你来！"她大声说，声音降低了不少。

二女儿待了一会儿，赶紧找借口溜了。

"快，叫奶奶！"儿子并不看她，温柔地对女儿说。

"奶奶。"小孙女怯怯地叫着。

"谁是你奶奶？喊我做什么！"她头一转，进里屋去了。

"奶奶，"小孙女跟过来，"我是奶奶的孙宝宝，我是奶奶带大的，我是吃玉米糊糊长大的。"

她想笑，脸上却依旧是生气的模样："又从你强盗妈那儿学来的是不是？去，莫到我这里来。"手却紧紧地抓住孙女的小肩膀。

"今晚跟奶奶睡，爸爸有任务呢！"儿子说着便走了。

她瞪了瞪儿子，还想骂两句的，但最终咽回去了。

望着小孙女稚嫩的脸，她叹了口气："你又能住几天呢？你妈明天肯定又要来接你……"

刊于《微篇小说》2016年第4期

占　线

"今天是情人节，这么晚了你还要出去？八点过了，你不会在外边乱来吧？"妻子看着他，怀疑地问道。

"怎么会！"他上前摸了摸妻子眼角边的三条细纹，若无其事地出门了。

其实，他是去约会，去见前不久在同学聚会时遇见的初恋情人。

他掏出手机："亲爱的，到了吗？嗯，好，我二十分钟后到，等我！"

想着初恋情人那含羞带媚的模样，他的心都要醉了："唉！想当年这么发达就好了，也不至于娶个母老虎！"他摇了摇头。这时，手机又响了，是妻子："你手机怎么占线？你一出门手机就打不通了，和谁通电话呢？告诉你，可别背着我做坏事啊，我知道了不会饶你的。"

他赶紧说："占线？哦，刚才有个外地号码打错了。"

妻子不高兴地在手机那头说："不知道你说的是真的还是假的。"

他赶紧说："真的！我怎么会骗你呢。挂了啊！"

"烦！"他嘀咕了一声，放下手机。

这时，手机又响了，他不耐烦地放在耳边："又怎么了？这不是没占线吗？你还有什么不放心的？"

"是我呀，你怎么还没到呢，说好二十分钟，这都过去半个小时了，打你手机又一直占线。"是情人的声音。

　　"对不起亲爱的，我马上就到！"

　　他放下手机，刚想松口气，手机又响了，又是妻子："又占线。你到底去干吗？"

　　"我……"他话还没说完，突然，眼前一片黑暗……

　　警察按他手机上显示的号码分别通知了他的妻子和初恋情人。医生说："出事后，他歪在驾驶台，手里紧紧地握着手机。"

刊于《微篇小说》2016年第5期

环卫工老吴

环卫工人是不容易的，要起得非常早。起得早也有好处，往往能看到别人看不到的东西。比如，环卫工人周在天蒙蒙亮时在垃圾堆旁拾得一个布包，里面裹着一个气息微弱的婴儿；环卫工人陈在扫地时发现一条金项链。当然，这些事毕竟少，是晚上做了好梦的人才遇得到的。但今天说的环卫工人老吴就不同了，他也在上早班时捡到了东西，而且这东西非同小可。

事情是这样的：老吴多年来一直是小区的环卫工，这天凌晨三点，他把扫好的垃圾倒进垃圾堆时，发现了两个大麻布袋。他向来胆大，打开后，却也吓得哇哇大叫，小区的人被他惊醒了一大半。原来，那两个布袋里装着的，是被肢解的人的胳膊和大腿。当警察迅速赶到时，老吴已被送往医院，而那两袋尸体中唯独不见头颅。

两个月后，本市公安干警由一桩"无头案"挖出一个贩毒集团，荣立特等功，发现者老吴也受到了一万元钱的嘉奖。众人笑他："吴师傅，恭喜你得到了奖励啊，咱们怎么就遇不到这等好事呢！"

老吴头摇得像拨浪鼓："得了，没见我从医院出来，九窍丢了两窍啊！"

话是这么说，老吴心里还是高兴，单位也照顾他，把他换到小区前的街道上，不让他扫地了，每天手里拿着小彩旗到处巡逻检查卫生。这在环卫工人眼里，就算是好差使了，因为不用夏天顶着火辣辣的太阳，冬天踩着尺把厚的雪去扫街了。

这天下午，老吴走到南大街，发现四点还没有人来值班，按平时，都是三点上班，两点左右扫地的郑嫂就会来上班，怎么今天还没来？老吴等了约半小时，才见郑嫂愁容满面地急匆匆赶来。看到老吴，郑嫂不好意思地苦笑了一下，老吴看了看，一言不发地走了。在他看来，此时无声胜有声，人要靠自觉，是吧？

第二天，老吴走到南大街时，已经四点半了，车子一开过，纸屑就随风起舞，老吴一看就知道郑嫂又没按时上班，便站那儿等着。可怪了，左等不来，右等也不来，而且，接连十多天都是这样。老吴不解，又不好说，便去单位打听，才知郑嫂天天待在一个麻将馆打转转麻将。这转转麻将是新兴的一种麻将玩法，不仅仅是四人能玩，还可以多人玩，也是讲手气的，手气好的，屁股就轻巧，自摸一把就站起来让别人了，人也轻闲了，钞票也进了口袋。可郑嫂这手气不知是怎么了，或许是人倒霉吧，这屁股只要一坐下去，就跟石磨似的，沉得不得了，只看见从口袋里掏钱出来，就没见钱塞进去过，听说，连给瘫痪在床的丈夫买药的钱都输进去了，真是老鼠赶孔——越赶越深。郑嫂的心都扑在麻将上了，还哪有心思扫大街？

于是，每天下午的南大街，都有一个男人在扫街，有时等郑嫂去时，老吴已帮她扫得干干净净了。但只两个星期，风言风语就出来了。终于，老吴的老婆跑到麻将馆痛骂了郑嫂一顿，并把麻将桌也掀了。

郑嫂委屈地找到老吴："老吴啊，你为什么要帮我扫地呢？我这守活寡十多年的名声就被你毁了，以后我的事你不要做，我自己做，你这不是越帮越忙吗？"

从此，郑嫂再也不敢打麻将，上班也不敢怠工了。

不久，环卫处的同事每天都看到老吴两口子亲亲热热地散步，便戏说："哟，郑嫂的阴影没了？"

老吴呵呵一笑："她家条件差，丈夫多年卧床，她也怪可怜的，难不成看着她陷在赌窝里出不来，我老婆不去掀桌子，难道叫他那卧床的老公掀？"

所以，不知何时，老吴多了一个绰号，叫"智多星"。

拜　年

大年初一，又到拜年的时候了。

来凤坐在母亲旁边，想着远在大山的舅舅，三十多年未见，听说是喉癌晚期。看着正在烤火的母亲，来凤欲言又止："妈……"

"说吧，别吞吞吐吐的。"母亲面无表情地看着电视。

"山里的舅舅好像得喉癌了。"来凤咽咽口水说。

"关我什么事，又不是你亲舅舅！"母亲面无表情地继续看着电视。

来凤又看了看母亲，不敢再说什么了，她走到金鱼缸边，看着鱼缸里的金鱼。母亲今年六十八岁，比舅舅整整小九岁，他们同父不同母，但脾气都倔，以前，儿多母苦的，为了十一块钱，两人闹崩了，几十年不来往。

"妈，快看这条狮子头的金鱼好像得了霉斑病，看它的身上！"来凤大惊小怪地叫道。她生怕母亲为刚才的话生气，因为处于乳腺癌中期的母亲是不能生气的，但这条"狮子头"是母亲平时最喜爱的，其他的像蝴蝶尾、珍珠球之类的她都不喜欢。

母亲一下子站起来："什么？"

来凤指着"狮子头"身上的白色斑点，说："妈，看样子它活不过今年冬天了。"

母亲盯着那条鱼足足有二十分钟。

来凤也盯着那条鱼足足有二十分钟。

半晌，母亲嘴巴里挤出几个字："给老三打电话，叫他准备车，明天一早去山里。"

刊于《微篇小说》2017年第2期

阿叶的汇款单

　　阿叶要出去打工了，过完年就走。阿良躺在床上，无奈地看着她。

　　阿良和阿叶在一个村子一起长大的，也算得上是青梅竹马了，只不过阿叶的父母在阿叶很小的时候就离婚了，阿叶的父亲丢下她们母女去外面打拼了，阿叶从小跟着妈妈长大。

　　阿良在众人眼里是阿叶家未来的男子汉，可不凑巧，就在两家商议婚事时，阿良生了一场莫名其妙的病，医生说，没有一年半载，不能下床行走，否则前功尽弃。阿良家也为阿良花光了家中所有的积蓄。婚事就这样搁浅了。

　　阿叶看着阿良，决定出去打工。她爱阿良，要尽自己的能力帮他。

　　阿叶正月初三走了，也带走了阿良的心。

　　日子一天天过去了，阿良躺在床上，每日烦躁不安，只有每月收到阿叶寄来的汇款单时，阿良的心情才稍微平稳。摸着绿色的汇款单，就像摸着阿叶那颗爱他的心。他想着自己站起来的那天，那时他要迎娶阿叶。

　　日子一天天过去，阿叶每日的汇款单就好比让阿良吃了定心丸，他的腿渐渐好起来，可他父母的脸色越来越难看，阿良不解。直至有一天，他们问阿良："这阿叶到底做的啥？为何这几个月比原来多好几千元？"阿良听了后，脸黑得像天上的乌云。

　　疾驰的列车上，坐着心急如焚的阿良。他相信阿叶，可他也相信自己的父母。摸了摸手中的拐杖，阿良叹了一口气。

　　阿良不想惊动阿叶，当他找到工厂时，阿叶已不在那里上班了，好不容易找到几位同乡，才问到了阿叶的住处。

　　当阿良轻轻地推开阿叶出租屋的小门时，眼前的一幕让他不信也得信了：一个西装革履的中年男人正在房中，阿叶紧挨着他坐着。看到突然进来的阿良，阿叶似乎惊喜却又有些慌乱……阿良想也没想，举起手中的拐杖，朝那人砸去！

　　医院走廊上。"对不起！"阿良轻声对阿叶说着。

　　阿叶生气地扭过头，面向病房说："你自己去向你未来的老丈人说对不起吧！我爸听说我来这个城市打工后，找到我，要我去他的公司当总经理，我不干，他就每月给我不少钱，还准备带我去考察市场，要投资让我俩开家店……"

发小群

军在菜市场卖菜，他是个重感情的人。一日，他被同学拉进"东门发小——可爱的叉叉裤们"微信群。他想了想才想起是东门小学。

一进群，军觉得好开心，同学们都很亲热，放鞭炮的、鼓掌欢迎的、发红包表示祝贺的，各种微信表情应接不暇，多年的生活冷暖和打拼让军感慨万分：还是小学同学好，讲感情，温暖啊！

军每天早上第一件事，就是在发小群挑一个最好的表情向同学们问候。发小群很热闹，尤其是晚上，同学们你一言我一语地聊天，比上课还积极。军经常看着手机乐呵呵的。

一次，一位男发小母亲七十大寿，在群里发了一张请帖，同学们趁机开心地聚了一次！军把菜摊收了，玩了一下午。

又不久，一位女同学乔迁新居，请帖照样发在发小群里，军也和上次一样，收了菜摊，痛痛快快地和同学们玩了一个下午加一个通宵。开心啊，虽然送出去的人情钱几天才赚得回来，但军觉得值，很久没这么玩过了。他仿佛又找回了那种久违的同学之情。时间就这样过去了，群里的生活就这样快乐地过着。

有一天，军的七十岁老母亲得了急病，可偏偏差五千元凑不上，住不进院，妻子骂他没出息。军焦头烂额，情急之下，在发小群发出一则求救信息，傍晚，军收到同学们在群里发给他救急的红包，军感动极了，不停地拆开看，然而，红包里的钱，不是几块，就是几毛……

手　表

　　喜欢戴手表的人，总是给人两种印象：一是有钱人有款有型的体现；二是遵守时间的体现。老胡呢，大概属于后一种。工作二十多年了，他有很好的口碑——遵守时间，办事效率高。

　　这不，短短几年，已经由一个职业学校的党委书记荣升区教育局的局长。回想这几年的职务升迁，老胡一直很感慨，这都和他的手表有关系，手表有功啊。每天按时上下班，按时做好自己的工作。这一切，都离不开手表，离不开时间，没有时间怎么行，时间就是男人的事业，对男人来说，没有事业不叫男人。至少，在老胡的心里，确实是这么认为的。所以，他每天睡觉前，都把手表轻轻地摘下来，放在床头柜上，然后，第二天起床第一件事，就是小心翼翼地把手表戴在手腕上。那手表简直就像平安符，随时戴在身上。

　　老胡如此疼惜这块手表，很快被一个人知道了，他就是局长助理小袁。老胡刚上任，就瞥见小袁左手腕上戴着一块明晃晃的东西——手表，而小袁自然也听说老胡的那道"平安符"。两人一见如故，很快聊得兴起。

　　在一次同去郊外钓鱼的时候，两人又聊到了手表，小袁抬起左手："就我手上这块表吧，也就值几万块钱，'欧米伽'的，我一平常人，就戴平常人戴得起的东西。不过呀。"小袁伸过头来小声说，"我买不要那么多钱，我老婆的公司就是卖手表的，而且什么名牌都有，像那啥奢侈品类的，豪华的，比如'百达翡丽'起码要十多万元，而那个啥'江诗丹顿'豪华品牌至少都是好几十万元，那才叫好呢！"老胡望着鱼竿，听着小袁的话，看到鱼竿往下一沉，老胡的心也跟着沉了一下。

晚上回到家，老胡把手表摘下来，扔在床头柜上，第二天上班也没戴。几天后，小袁发现新大陆似的叫了声："老胡，你那'平安符'呢？"

"坏了。"老胡头也不抬，淡淡地回了一句。

"噢。"小袁飞快地瞅了一眼老胡。

新官上任三把火，老胡做事本来就有两把刷子，再加上有一个十分机灵的助手小袁，很多事情就顺利完成了。可是有一天，小袁突然闷闷不乐，偶尔还叹几声气，平日里的高谈阔论全没了。老胡赶紧给他扔一支烟，问："咋啦？啥事闷着？"

小袁望着老胡，愁眉苦脸地说："说大不大，说小不小，我嫂还闹离婚呢，我哥在乡下联校当了十几年校长，嫂子带两个孩子在城里，喊累！他两头跑总不是个事儿，这不，又闹上了，还别说，这事除了您能帮忙，别人我谁也指望不上！您想想办法，把我哥放到城里来，事成之后重谢您！"

老胡侧头思考了一会儿，说："现在选拔校长都是公开考核制，得，你叫他先报名吧。"

半年后，小袁的哥哥"过五关，斩六将"，顺利调到城里，且在老胡原来的职业学校当校长。于是，在又一个风和日丽的日子里，小袁左手捏着钓鱼竿，右手从口袋里掏出一个盒子："打开看看，我哥让我转交给你的百达翡丽牌的腕表。"

老胡一听，握着鱼竿的手不由得哆嗦了一下，小袁拉过老胡的手："戴上吧！天知地知手表知啊！"

老胡不敢收，可他自从把表扔在床头柜上开始，心里不就盼着有这么一个东西吗？于是，在半推半就中，那块"百达翡丽"就被老胡郑重地锁在了床头柜的匣子里，每天晚上睡觉前，他总得拿出来把玩半天，然后才满意地睡觉。原来，赠人玫瑰，手有余香啊！

此后，小袁升到接待处的副处长。

时间真快，转眼五年过去了，这年冬天比往年都冷。老胡原来所在职业学校外面二十个门面的个体老板和学校发生了集体冲突，因为学校要强行收回门面。学校马上搬迁，有些门面是被个体户买断了年限的。这事上报到教育局了，好像还和当初修门面时的工程款扯上了关系。也是凑巧，老胡那不漂亮的老婆为了避寒，把那件藏了几年的貂皮大衣披在身上，显得白里透红，与众不同，不由得让人浮想联翩。

结果，老胡在门面事件上不知不觉地就被整了进去：挪用公款，贪污受贿，撤职，留党察看两年。负责调查并举报这件事的，正是新上任的小袁的哥哥，正所谓新官上任三把火，这第一把火就烧到了五年前的老胡身上。老胡隔离审查出来，做的第一件事就是想看看床头柜里的那块"百达翡丽"，当他拿起那块手表时，在强烈的阳光下忽然发现了异样：手表的边缘起了很多小黑点，是锈，这块十几万元的手表竟然生锈了！

原来这是水货，老胡拿着手表，狠狠地朝墙上砸去！

刊于《邯郸文化》2016年第5期和第6期

刊于《金山》2016年第7期

穿耳匠

听说过穿耳匠吗？对，就是在爱漂亮的姑娘们耳朵上打戴耳环的洞眼儿。北门街的桐嫂穿耳已有三十多年了，是小城有名的穿耳匠，凡小城要出阁的闺女，都会到她这儿来穿耳。

她穿耳有一绝：快、准、不见血。

时代在发展，姑娘们也越来越新潮，越来越时髦，桐嫂的生意一直都很好。她穿耳的行头也鸟枪换大炮了——大头银针变成了穿耳枪。拿在手上，很轻巧，一打一个准。

这天，桐嫂摊前来了对母女，女孩十八九岁，女孩母亲约四十岁。女孩母亲和颜悦色地要桐嫂给她的独生女打两个耳洞，说是女大十八变，该打扮打扮了。桐嫂望了望女孩，长得细皮嫩肉，惹人怜爱，双耳却单薄小巧。桐嫂心想，这样的耳朵眼儿最好打了，不费吹灰之力啊！

她拿出耳枪，用镊子在药水里夹出耳针，小心地装进耳枪，然后拿起药棉，沾了消毒药水，分别在姑娘的双耳上仔细地擦着，擦好以后，桐嫂在姑娘面前站定，审视着姑娘那张脸，这时就是见桐嫂真功夫的时候了，耳洞的位置最重要，居中才好看，还不能伤着耳筋。只见桐嫂靠近姑娘的左耳，耳枪对着耳垂正中，只听

"啪"的一声，桐嫂还没来得及看那耳洞，姑娘应声倒了，且两眼朝上，全身发抖，嘴角开始流出涎水和白泡……桐嫂吓呆了，手里的耳枪掉在地上，穿耳这么些年，头一次遇到这种情况，这可如何是好？

还没等桐嫂回过神来，女孩母亲恶狠狠地瞪着桐嫂说："你是怎么打的？你怎么把我姑娘打成这样了？哎呀！我的孩子啊，你，你赔我的孩子！"女孩母亲声色俱厉地对桐嫂吼着。

桐嫂赶紧蹲下，掐着女孩的人中，眼泪哗地流了下来："今天这事，就是赔上全部身家也赔不起呀，这可怎么办？平常也是这么打的，怎么今天就出事了呢？"

围观的人越来越多，女孩母亲一边大哭一边扯着桐嫂说："今天我是不会放过你的，你不赔我姑娘赔我钱，你这生意休想做下去！"

桐嫂紧张得说不出话，半晌，看了看周围的人，轻声对女孩母亲道："那好，先把孩子送医院治，只是你别吵了，我以后还要靠这营生吃饭呢……我一家人这几十年都靠我这门手艺养家呢……"桐嫂的语气近乎哀求。

女孩母亲止住了哭声，恶狠狠地盯着桐嫂说："那好！你今天拿出三千块钱，不然你这营生别想做了！"

桐嫂心猛地揪紧了："这可是要几个月才赚得回来的啊！"她看着地上不省人事的姑娘，极为勉强地点了点头。

接下来桐嫂和女孩母亲一起把姑娘送到医院，给了女孩母亲三千元钱。等姑娘醒了以后，医生对桐嫂说："病人是突然紧张引起羊痫风复发，那一阵过去就好了。"

桐嫂无精打采地从医院回到北门街，弯腰收起扔在地上的穿耳枪，准备放回盒中收摊回家，突然，她看到耳枪里的那根耳针，原来，她的耳针没打到姑娘的耳朵上去，是空枪，桐嫂蒙了……

从此，北门街再也不见穿耳匠桐嫂的身影，据说她回老家种菜去了。

辞　工

在一棵大树下，他把一张纸撕得粉碎。纸片一片一片沮丧地掉落。这是一张要求转学的申请报告。

开学已经三天了，孩子还不能转过来。

从孩子上一年级以来，他就一直没睡过好觉，现在马上要读二年级，还要像去年一样来来回回地跑吗？他觉得好累，把孩子送到郊区上小学，确实是不得已而为之的事，但他也得认命。他每天在学校忙，早晚还得去郊区小学接送孩子。不论是从思想上、经济上还是体力上，他都累了，况且家里还有一位八十七岁的老妈。

能怪谁呢？怪命吧！他恨恨地在心里骂着。

该死的大班名额，该死的择校风。教育改革第一年，就让他给撞上了。

谁也不敢拿自己的饭碗打包票。那张申请报告，从去年到今年的，谁也不敢收！

必须要九月一日之前出生的，迟一天都不行，而且要收范围内的。

他心里苦啊。他有难处，这是学校众所周知的。这几年，他很累，可是他的妻子比他更累，上苍眷顾他给了他一个孩子，但又跟他开了一个玩笑：三十八岁生下孩子后的妻子躺在手术台上，永远不搭理他了。中年得子的他异常珍惜这一切，只想给孩子全部的爱和温暖，他发誓不再娶，他不相信别的女人会对孩子好。

虽然学校送水工的工作工资不高，但可以陪着孩子成长，让孩子不孤单，这总比在外省打工强。所以，这七年来，他的工作态度是有目共睹的。

走出区教育局花草遍布的大院，他昂着头，坚定地朝自己的学校走去，他准备实施斟酌了很久却一直没有实行的一个方案——辞职。

校长是新来的，办交接手续才三天。

曾经，他找过老校长，得到了四个字——无能为力。

再找新校长？他摇了摇头，长在墙角根的草，注定不会有人特意看一下或浇点儿水的。

他轻轻地敲响了校长室的门。

校长办公室很干净，第一次来是找老校长，那时的他，心里充满了卑微和敬畏。今天，他的内心很坦然。

他抿了抿嘴唇，努力挤出一些笑容："我要辞职。"

年轻的校长抬眼看了看他，摸了摸短头发，放下手中正在写字的笔："你应该就是学校的那位送水工吧，这是我刚写的上报教委请求批准孩子转学的报告。请求领导按实际情况，将你的孩子转学过来，力求解决你的困难。我利用两个月的暑假时间，已经初步摸清了每一位在校教职员工的基本情况，也包括学校所有临时教工的基本情况。好好工作啊！"

他走出校长室后，特意跑到学校后花园的墙角看了看，奇怪，一根草也没有，干干净净的。

刊于《小小说出版》2016年第1期

初　遇

如果不是那一个西瓜，她怎么会遇到他？如果不是医院里的母亲想吃西瓜，她又怎么会冒着雨，绕了几条街，才找到这里有西瓜？

"对不起！"他扶了扶眼镜。她看不清他眼镜后面的眼睛，而他，却能清楚地借着眼镜来看清那地上刚被他撞到而摔成八瓣的西瓜，和她那白皙秀气、着急又无可奈何的脸。

医院里，他放下道歉的大西瓜，心疼地望着那对母女。床上的母亲已不能说话，更不能吃西瓜，只用一种黯然的眼神看了看她和他，眼睛闭上，走了。

几个月后，他牵着她，走进了他们的新房。在这之前，她用尽了家里仅剩的钱，埋葬了病重八年的母亲，送走了她在这世上唯一的亲人。新婚之夜，她说："你弄坏了我的瓜，所以，要你给我买一辈子的瓜。"

他笑了："还在气我弄坏了你的瓜？没有你那句话，我怎么会弄坏你的瓜？"

"话？什么？"她愣了。

"我听到了你对大家说的话，你轻柔地、迫切地对那么多排队的人说的话，'能让我先付钱吗？我……已经跑了好几条街了，我的母亲等着吃西瓜。'"他抱紧了她，"我感谢你买西瓜的那个春夜……"

父亲的电话

手机响了，玉玲一看号码，是父亲！

母亲刚去世两个月，父亲便又娶了一个女人，为此，玉玲有八个月没和父亲联系了。

父亲的声音在电话里依然洪亮："玲儿，在忙什么呢？"

"没忙啥，不是正在接你电话吗？"玉玲淡淡地说。

"玲儿，我问你一件事，你家里安净水器没有啊？"父亲似乎没发觉玉玲的冷淡，关切地问，"我告诉你，这次我买了一台净水器，两千多块钱，外送一床羊毛毯和一个电饭煲，挺好的。现在的自来水不像原来的了，污染大着呢，要用净水器才放心啊！现在街上有二十多家卖净水器的，我这次买的时候都走遍了，哪家好，哪家不好，哪家货真价实，我都清楚，我可以带你去买。"

玉玲耐着性子，拿着手机听了半天，父亲的性格仍然没变，还是这么没头没脑地说话，开口就说要我买净水器，这不是没话找话吗？整天忙都忙死了！玉玲对着手机说："有事，先挂了啊！"

父亲像是没听见，还在电话里问："玲儿，孩子还好吧？你上班还好吧。"

"嗯，都好，都好，我忙了！"玉玲不容父亲再问，快速挂断了电话。

晚上，丈夫回来了，提着一个生日蛋糕，走到玉玲面前："生日快乐！这是父亲给你买的。"

"生日？"玉玲突然想起，今天是十月初十，自己的生日，从小到大，每年父亲都要给她买一个生日蛋糕。

刊于《微篇小说》2017年第1期

守　群

"爸爸，这个题怎么做的？"还还用铅笔指着基础训练上的那道题问爸爸。

"等等，等一会儿，爸马上就好了！"他脸正对着手机屏幕，游戏正在紧要关头，眼看就要通关了，他全神贯注地盯着屏幕，手指头在上面不停地、轻快地跳着。

每天媳妇做饭时，他的任务便是守着还还做作业。终于，几分钟后，他的手指最后弹了一下，放下手机，他拿起数学基础训练看了看："这不是计算题吗？计算题你都不会做？草稿纸，自己算！"生气地把书朝还还面前一扔，迫不及待地抓起手机，同学群里正发红包呢。他一有空就喜欢守群。又来了，抢，他在手机屏幕上轻快地一点，只见一个大大的"拆"字出现在他眼前：16.80元。"哈哈……"他不禁笑了起来，无意中抬眼一看，儿子还还愁眉苦脸地正望着他："爸，这道题我也不会做。"

"哪道题？"

"这道应用题，不知道怎么列算式呢！"

他火一下就来了，嗓门儿也大了起来："一看你就是上课没听，这道题不会，那道题也不会，上课干什么去了？啊？难道你的作业还要我帮你做啊，依赖思想这么严重！"

还还低着头："我上课听了的，可同桌老爱找我说话，影响我，这几次考试，老师都骂我笨，老师还说把成绩公布在班里的微信群了，让家长都看看。"

"考试了？"他一听，忙打开还还班的群，一会儿，一些数字跳进他的眼睛里，他飞快地搜寻着：还还64分、还还71分、还还57分、伍亦100分、燕超97分、龚萍99分……

他看着手机，感觉眼睛好像被什么刺了一下，这时，手机响起提示音，顶端又出现一个写着"恭喜发财"的长方形方块，他出神地望着那几个字，迟疑着，但手指却突然有点不听使唤，飞快地点向屏幕……

雪　夜

下雪了，很大，北风吹得雪花满天飞舞。

雪夜，寒冷而又清旷，屋内却是暖和的。宏月听着雪花落在窗户上轻而密集的声音，再望望满桌子的菜，心里不觉唱起了欢歌："好几年没有下厨弄年夜饭了，我这手艺都有些生疏了呢！"想起厨房里还有香肠未切，她便朝着厨房走去。全家好几年没有团聚了，还得再加几个菜。君山已经出去请爸妈来一块儿吃年夜饭了。君山是她忠厚善良的丈夫，昨天中午才扛着一大包行李从东莞坐火车赶回来，而她是腊月二十四从福建工厂坐火车赶回来的。他们曾约好，今年都回家过年，而且君山还说回家后有事要跟她商量。

那天她一下火车，便直奔爸妈家，高兴之余说了一句："今年的年夜饭我来弄，你们只管吃就成！"两位老人听了，眼睛笑得眯成了一条缝。她把行李往家里一放，便去集镇上置办年货。君山昨天回来，看见她依旧这么能干，一个劲儿地夸她。夫妻俩见面，又高兴，又感慨。

为了生活，他们在外打工快五年了。家里的几亩田地要不是两位老人起早贪黑地撑着，早就荒掉了。君山抱着宏月，轻轻地在她耳边说："月，过完年，我不想再出去打工了，就留在家里。你也别出去打工了，我们在家附近找点儿事做，把田地种好，再多养几头猪，养几十只鸡，这日子应该过得去的，别再让两个老人下地了，老了，干不起了！"

宏月望着君山，深情地点点头："我听你的。"

老家有个传统，天没亮就得吃年饭，或者边吃边亮，因为天亮了才吃年饭，遇到哪个不懂事的来敲门，是不吉利的。于是，天还没亮，宏月和君山就在厨房里忙开了。看着满桌子热气腾腾的菜，君山对宏月说："月，你先忙着，等会儿把那两箱青岛啤酒搬出来，我现在就去叫咱爸妈来吃饭。"

"哎！快去快回。"宏月答应着。

两家相隔不远，转过一个山坳，十来分钟就到了。君山拿着一把伞，对宏月笑了笑便出去了。

窗外的雪花还在簌簌地下个不停。宏月从厨房端着最后一盘菜放在桌上，往鸡火锅里添了一些水，又把切好的香肠放到电饭煲里热着。

时间慢慢地过去了，宏月搬出两箱青岛啤酒坐在桌旁，她已经往火锅里加了四次水了，但是君山和爸妈还没过来，她有些等不及了，顺手拿起一条长围巾往脖子上一围，打开门走了出去。雪还在下，风还在吹，一股股冷气直往她的眼睛和鼻孔里钻，耳朵也吹得生疼。雪花不断地飞到她的脸上、头上和身上，地上的积雪已经很深了，她深一脚浅一脚地走着。

"君山没来？"宏月带着满身雪花，惊讶地望着两位老人，头"嗡"的一下。她急忙转身，朝来时的路上跑去，说是跑，其实是手脚并用地爬，衣服袜子早湿透了，可她顾不了，她大声地叫着："君山！君山。"她的身后，两个老人踉踉跄跄地跟着。山坳里雪花还在飘舞，寂静得使人害怕，几个人的声音穿过雪夜，落在被雪压着的树枝和落叶上。

天渐渐亮了，宏月的眼泪已经在脸上结成了冰花。她也不知道在这条山坳上来来回回找了多少遍，借着黎明的雪光，她在离家只有一百多米远的山道转弯处发现两根断了的松枝，松枝上挂着一把伞，伞面已被划破，宏月向前跑去，用力抓住树干，朝山坳下望去。望见了，她的君山，头上、嘴上流出的红色的血已将旁边的雪地染红，君山头朝下，身子斜斜地倒在一块大岩石边，雪花在他的身上铺了薄薄的一层，仿佛是白白的绒毯……

杨大婆的母鸡

    杨大婆每天一出屋，就会马上跑到鸡窝里找蛋，尤其是这几天，杨大婆几乎时时关注着母鸡窝，因为她有几天没找到蛋了。生蛋从来不偷懒的鸡，这几天鸡窝里一个蛋也没有。杨大婆又纳闷又气恼，每天放鸡出笼时总忘不了拿竹竿狠狠地在母鸡屁股后拍打，吓得母鸡慌不择路地有坡下坡，有坎飞坎。即便这样，鸡窝里的情形还是令杨大婆失望了。

    杨大婆生气了："死鸡不生蛋，留它有何用？"

    杨大公轻笑了声："好几年的老母鸡，杀了吃，你嚼得动？"

    "我嚼不动你吃啊，你不是想吃鸡肉吗？"杨大婆狠狠地白了杨大公一眼。

    杨大公一看杨大婆的白眼，赶忙从灶房走出去，边走边嘀咕："我吃？平时连个蛋汤都舍不得让我吃，还鸡肉！"话说完，人已经溜到屋外去了。

    杨大婆的母鸡不生蛋了，可抢起食来，比别的鸡都快，而且还不顾杨大婆的咒骂。在一个傍晚，那只母鸡彻底失踪了。这下可好，杨大婆找遍了上坎下坎，左邻右舍的屋前屋后，但还是一场空。杨大婆心疼得一整夜没睡着，第二天一打开门便嚷嚷开了："屁股大个地方，这鸡说没就没了，是哪个手痒的关了我的鸡？我的母鸡我知道，就是天黑了也能找回笼，赶紧给我乖乖地放出来，不然我村头村尾骂上一年半载，你也甭想过好日子了。"杨大婆这骂跟点名一样，那些人纷纷从屋内钻出来，搭讪的、嘘寒问暖的，杨大婆家院子里热闹了，话题都离不开那只母鸡。

杨大婆眼睛扫了一下，就差那个老对头孟大婆了。杨大婆心里明白了，这不敢出头，就是心里有鬼，心虚呢。

因为年轻时的一件事，杨大婆和孟大婆几十年不说话了。她们前后只隔两三户人家。那时的孟大婆可是个好主儿，年纪轻轻便当了队长，这记工分安排工作自然没有十全十美的，偏那次杨大婆遇到生理期，孟大婆却安排她去田里插秧。这下可是惹着了平日里桀骜不驯的杨大婆，她二话不说，跳起来一把把孟大婆摁到秧田里，两人一起在田里插了秧，但从此老死不相往来。敢情这几十年的老账要记在杨大婆最心爱的老母鸡身上了。

杨大婆心里想着十有八九是孟大婆做的，撇开众人，朝孟大婆家走去。她要去问个明白，为何孟大婆要把几十年的事摊在她的那只老母鸡身上。要知道，每逢乡场，杨大婆都要靠她那只老母鸡挣几个钱呢！

日头升老高了，两个老冤家，几十年不说话，终于为了一只老母鸡在众婆媳的围观中吵了个天翻地覆。

孟大婆赌咒说："哪个关了你的鸡，没好下场！"

杨大婆赌咒说："哪个关了我的鸡，没好下场！"

孟大婆骂："村里这么多人，你咋就认定是我偷了你的鸡？"

杨大婆骂："村里这么多人，咋就你一人缩在屋里不敢出门？"

这杨大婆还真是说话算话，自从和孟大婆开骂，足足半个月，从早上骂到太阳下山，直骂得孟大婆跟那失踪了的老母鸡一样，也失踪了。原来还天天接杨大婆的骂茬儿，这几天人影也没了，原来是脑血栓犯了，被送到了医院。听说还没醒。

杨大婆一听说，得，都把人给骂进医院了，也就住了声！

一个星期过去，这天，杨大婆正晒黄豆呢，突然看到自家那只老母鸡领着一群鹅黄的小鸡崽出现在离家不远的老石桥下的草丛里，正晃晃悠悠地朝家的方向走来，杨大婆看着，眼睛都直了！

那么久没回家的老母鸡，没有受到杨大婆的款待，天黑上笼时，杨大婆右手捏住它的两只翅膀，左手刀落。

不到两个时辰，杨大婆家飘出了浓浓的鸡肉香味，杨大婆麻利地用一个洗得干干净净的罐子装好，放到杨大公手上："去！趁热，赶紧送到医院去。"

一张烟盒纸

明娟的大哥自杀了。明娟带着男朋友赶回来了。她感觉她的心在往外渗血，一直渗，一直疼。一直渗到明娟扔下行李跑到哥哥的新坟，一直疼到明娟走进乡派出所的大门。

所长望着伤心欲绝的明娟，扔下手里没吸完的烟蒂："查，可以，那得重新立案，再说，案已结了，是自杀，这还怎么查？"

明娟和男朋友在哥哥坟前站了很久，又在派出所站了很久，最后，明娟就那样一言不发地坐在失明了九年的娘床前，良久，娘吐出几个字："你们，还是早回去。"

明娟一扭身，站起身往屋外走去，她要去找二叔。明娟男朋友见状，忙跟了出去。明娟手里握着的那张烟盒纸，早已皱了，但她依然紧紧捏着，就像小时候紧紧牵着哥哥的手。

烟盒纸上，写着哥哥给嫂子的遗言："我对不起你，好好照看孩子。"

盯着那几个字，明娟仿佛看见哥哥流着泪，慢慢走到她面前："好妹妹，替我申冤啊。"明娟伸出手，她想牵住哥哥的手。一阵微风拂来，哥哥却倏然消失。明娟泪眼模糊了。她决不相信哥哥是自杀……

一只黑狗快速止住了明娟和男朋友的脚步，一块老远砸过来的石子和呵斥声让黑狗慌张地逃离明娟的腿边。明娟知道，只有二叔才会这样帮她赶狗。二叔坐那儿，一言不发，手中的烟锅使劲磕了磕鞋底。待他们坐下后，二叔吐着烟圈，缓缓地讲述了一个令人崩溃的故事。

　　"村支书王三麻子早就看上你嫂子了，你妈患有眼疾，你哥被迫出去打工挣医药费。王三麻子便时常去你家帮忙做事，还不时给你嫂子钱。一个狂风骤雨的夜晚，村支书钻进了你嫂子的屋子……事后，你软弱的嫂子和你妈抱着哭成一团。你哥回来后，要到派出所告王三麻子，被你嫂子死命拖住，说王三麻子与所长整天吃吃喝喝，关系好得很。你哥听了睡炕上不吃不喝，第八天时，他冲到王三麻子家。王三麻子阴笑着嘲讽你哥。支书的老婆从里屋冲出来，朝你哥猛泼了一盆尿。你哥气急了，上前扯了王三麻子的老婆几把，那婆娘疯了似的，猛一推，你哥头碰到院里的大青石上，顿时鲜血直流。村支书趁势上前拳打脚踢，猛抽你哥的嘴巴……你哥抬回家没几个时辰便走了。走时，眼睛瞪着屋瓦，咋也合不上。王三麻子见事大了，连夜到你家塞了些钱，还特地拿了一张烟盒纸写了遗言，逼着你妈和你嫂子说是自杀，全村的人谁不知道你哥死得冤，可谁又敢跑出来说句公道话？告了又能有什么用呢，王三麻子是小包头，全村老的少的，谁都想靠着他混，没出门打工的，都指望着他时不时叫他们出去打小工呢！唉！"二叔说完长长地叹了一口气。

　　"二叔，我要告他们！"明娟恨恨地挤出几个字。

　　二叔瞪了她一眼，猛地站起来，头也不回地走了，顺便扔下一句话："咱这偏远山沟沟，天高皇帝远的，县官不如现管，好好歇几天就走吧！"

　　可明娟要告状了，她天天往村里跑，凡知道的都被她问了个遍，男朋友怕出事，一直跟着。明娟惊动了村里的所有人。这天，王三麻子和所长来到明娟家，他们是来私了的。

几个时辰过去了，明娟家的空气由沸腾降为冰点——明娟压根不买账。

末了，村支书狠狠放话："配合，今年扶贫款好说，否则……"见状，明娟的二叔急得直扯明娟的衣角。

"好了，你们都不用说了，这些天发生的事，我都看到了。"

一直沉默的明娟男朋友站了起来："我是法律系的研究生，不是她的男朋友，是法律协会的志愿者。这次专门陪明娟来了解她大哥的事。现在是法治社会，我相信，老百姓的头上绝对是一片青天，而不是乌云。现在我就带着明娟去城里法院！"

王三麻子愣了，二叔手松开了，嫂子和妈妈顿时泪如雨下……

杏花缘

张大新这几天辗转难眠，本来就瘦的小脸一下子塌下去许多。事情缘于几天前他第一次见杏花爸。

他们见面的第一句话就让他心跳不已："杏花生下来时，她娘就去世了。是我一粒米一口水把她养大的。我不会轻易把她交给我不放心的男人。我会好好考验的。"接着，突然把话题一转，"听说，鲁那件案子，你掌握了不少材料。鲁不是别人，是杏花的二舅。当然了，也不会给你添多大麻烦，就把情况简单告诉我就行了，剩下的事我来做。"张大新很奇怪，杏花她爸怎么会知道他参加调查这件案子呢？他为难地望了望杏花，沉默了。第一次见面就这样不欢而散。

回来以后，大新苦苦思索：杏花爸到底是什么样的人，怎么能提出这样过分的要求？可他书房的墙上，分明贴着《石灰吟》那句"要留清白在人间"。

大新摇了摇头，这年月，做样子给别人看的事还少吗？

两个星期过去了，一直约杏花，她就是不来。他明白，杏花为那天自己不爽快的态度生气了。大新心里很不是滋味，可是，那件事真不能爽快啊。他在检察院反贪污贿赂局工作多年，年年是先进，还立了三等功。这与他的正直勤奋是分不开的。"杏花啊杏花，你能理解我吗？千万不能为了这事就和我掰了呀！"想到这儿，大新心里不由得哆嗦了一下，他想起了一年前和杏花初识的情景。

郊外的杏花沟，是大新和庄杏花第一次见面的地方。杏花一米七三的个子，柳叶眉，一双大眼像一潭秋水，一身洁白的衣服在粉红色杏花的映衬下，分外妖媚。

大新的心怦怦地跳着，想好好看看她，又不敢抬头。大新三十好几了，一直是单身。因为以前那些相亲的姑娘不是嫌他出身农村，就是嫌没车没房，还有的嫌他是一米六的"滚地龙"，说如果结婚，生的孩子都是"耗子"。而这次，这个姑娘却和他一见如故，两人聊到天大黑了才依依不舍地回家。之后更是频频约会。他们都不喜欢逛商场、去夜店，而是在书店、展览馆见面，谈普希金、鲁迅，欣赏贝多芬、理查德。交往近一年，已经到了彼此不能分开的地步，每天再忙，也要电话聊一会儿，起码要问候一声，晚上才能入睡。

该谈婚论嫁了，没想到会栽在未来老丈人手里。她爸那天还说："年轻人做事，要多想想后路，别忘了现在是什么社会……"大新心里叹着气，他知道自己已经处于人生的十字路口，实在太棘手了。该怎么办？怎么办啊？他当然不能用原则做交易，可又实在割舍不下杏花。

她在电话里斩钉截铁地说："我爸说了，如果那事不能解决，我们的事就黄了；如果办成，我们马上结婚，而且那边说了，赠我们一套三居室的婚房。"张大新一想到这些，头都大了……

案子还是结了，那个鲁被判了十二年，张大新又一次圆满地完成了任务。大新在电话里低声恳求杏花，想见最后一面。放下电话时，他落泪了。

又是一年杏花开，杏花沟的花开得依旧那么灿烂。大新和杏花终于又面对面地站着了。但这次，大新完全没有了初见杏花时的喜悦，他变得憔悴多了，胡子老长。

他痛苦地看着杏花，无力地说："我们，不说那两个字，好吗？说了心疼，就这样慢慢淡了吧！"

"哪两个字？"杏花问道。

"分……"

"分手？哈哈……谁说要分手了？为什么要分手？"杏花调皮地一笑，大新愣了，"为了鲁的事？哈哈哈……"

杏花笑得和杏花沟的杏花一样，灿烂极了："我根本没有什么二舅，那是我爸对你的考验！我爸是检察官，叫刘斌。"

"什么？我们市的检察长？"大新不敢相信自己的耳朵，他激动得一把抱住杏花，"那……你为啥又姓庄？"

"那是我爸为了纪念我妈。知道我为什么爱上你了吗？因为我从小就受爸爸的影响，对检察院的人非常崇敬，我认为他们是国家的脊梁……"杏花话还没说完，脸上早已被大新啄开了朵朵杏花。

此时的杏花开得正艳，轻柔得像雪，像霞……

文学评论

文玩人生

——读徐慧芬《文玩核桃》

　　《文玩核桃》这个题目平稳而有深意。我很奇怪，为什么作者要用这几个字来命名？等看完这篇文章，却马上在心里给它改了另一个名字——文玩人生。

　　核桃只不过是一个果子，疙疙瘩瘩、凹凹凸凸的，纹路弯弯曲曲，外壳坚硬。就这个小疙瘩，里面却有很香的果肉。有人嫌麻烦，想吃却很难敲破，干脆不吃；有人想尽办法，用石头、铁锤、夹子弄碎了吃核桃肉。这属于爱吃的。但不管爱吃和不爱吃，人们多多少少都吃过。于是，旧时有人便把这美味的东西时常拿在手上捏着玩，玩着玩着，就成了一种时尚。在今日，把玩核桃的也不多了。作者许是怀旧之人，才会聪明地以这不引人注意的核桃，引出一个反映文明古国的良好传统礼仪——礼尚往来的故事，来比喻人生。

　　人生就如吃核桃一般，有人因为嫌麻烦而浑浑噩噩过一生；有人不畏苦难终能收获芬芳。作者的聪明之处令人叫绝，就用一小疙瘩，便概括了人活着的方式。此文用了以小见大的构思方法，而且是绝妙的构思和不露声色的命题。

　　此文的结尾是最精彩的。笔者认为，作者在结尾狠狠地"悠"了读者一把。因为结尾包含了小小说的艺术，比如陡转、揭谜、诗意、颠覆和大团圆等好几种方式。由此可见，从文章伊始，作者就缜密地对这种结尾进行了构思和铺垫，然而铺垫结果却又出人意料，真正做到了"尾巴的艺术"，使这篇小小说含而不露地道出做人的真谛。

文中的傅三好不容易为自己收藏的文玩核桃配了一个对，但是没有如愿，而且自己的那个也被临终前的老人要了去。善良的傅三在把自己的珍爱之物放到老人手上时，压根没想到老人才是核桃真正的主人，而核桃其实有四个，是四胞胎。不仅傅三没想到，读者也是万万没想到。作者的这一陡转，让读者在应接不暇的变化中，又看到傅三把其中两个核桃赠给了老人的女儿。何其珍贵的核桃，何其珍贵的人心，真是大团圆的结局呀！

看到这里，文章关于人性美丑的问题凸显出来了。人的性格决定人的一生，那么文中核桃的团圆也由傅三的性格决定着它的命运，按照一般情节，核桃是没有机会团圆的，但傅三做到了，用他的核桃，用他海一样的胸襟，用他与人为善的态度，用他退与舍的人生准则，赢得了老人的心。也阐明了做人的道理。人有很多种，处世方法也有很多种，所以才会收获种种不同的人生。

小小一个核桃，涵盖了整个人生，点破了人生的种种，让人遐思，在欣赏这篇文章的同时，读者也感受到作者的提问："如果你是傅三，你会怎么做，会做到有容乃大，还是两败俱伤？"

一篇让人回味无穷的小小说，一个耐人咀嚼的小核桃。初学小小说三月有余，以上所述，算是对小小说的一点浅悟，看了《文玩核桃》，只觉得风景这边独好。

流云的梦

——读小说《困》

流云，顾名思义，行云流水，顺达通畅，文中女主人公叫流云。然而，流云的命运却没有行云流水般的顺达，相反，恰恰是以满怀憧憬起程，却以失败告终。这是为什么呢？仔细欣赏作者的这篇《困》，会让你五味杂陈、酸酸涩涩……

这是一个典型的关于人性和现实交替的文章，作者以细腻的笔触、细密的文思，给读者呈现了一个矛盾体的女主人公的故事。

流云是一个充满梦想的女孩，文如其名，文章写得行云流水。很明显，这是个不一般的才女。她拥有父母的期望、自身的都市梦，也拥有如云彩般美好纯洁的爱情。

但是性格决定命运，流云的多重性格，让她一次又一次把属于她的幸福破坏得体无完肤，令人痛惜。首先，她和班长的爱情，说是爱情，还不如说是班长的单恋。流云在这场恋爱中可以说是极端地体现了她自私自利的性格。她利用班长的爱达到目的后，毫不犹豫地把班长拒之门外。这是流云性格自私的最强烈体现。因为她的自私，伤害了班长的一片真情。可以说，流云是不懂得珍惜的人。

再就是流云享受安逸的思想和逃避现实的性格，让她错失了人生的第二段情缘。如果说教官的拒爱让流云遭遇了初恋的痛苦，那么班长的出现，是流云把握不住幸福的开始，她以一种自以为是的方式，伤害了第一个真爱。而刘强的出现，则浓郁地体现出流云贪图享受、躲避现实，并且不能同甘苦共患难，以至于在处理和刘强的关系上，总是和钱离不了干系，她最终不能忍受凄苦的生活，离开了刘强。

刘强是文中最主要的男主人公，他的身上有很多可贵特点，比如忠贞、坚强、有责任心，他爱流云，为了流云可以舍弃一切，这样的男人是多少女子梦寐以求的，但是流云虽被其感动，却终究抵不过性格使然，硬生生将他推往别人的怀抱，从而也丢失了一生的幸福。如果要在文中寻找最有正能量的人物，那非刘强莫属了。

流云几次和美好、纯真相遇，却又几次失之交臂，不能拥有幸福，是个性使然。也可以说是没有定性、多变的思维，让她始终握不住到手的幸福，也无法实现自己的都市梦，永远留在了矿山。

人性的自私、狭隘和唯利是图都被她以冠冕堂皇的想法和借口浓重体现了。仔细一想，她和她那世俗的父亲有何两样？

现实生活中的无奈确实让人无从选择，但没有谁是一帆风顺的。人活着，要有一种信念，一种目标，看准了目标，就要努力走下去，哪怕再苦再难，稍一退缩，便会前功尽弃，所以，坚持是成一切事的根本。流云的性格里少了坚持，多了屈就，所以就算心气再高、理想再大、爱情再真，也是枉然。所以，流云，这个名字，就暗示了女主人公的命运。

这篇文章的成功之处，是作者行云流水般的故事叙述和情景交融的描写手法，让人能一口气读完。只是在故事的衔接处稍显生硬，故事在转折时稍显生硬，却自然而然的生动描绘。

文章的结尾，以流云留在矿山结束，然而，流云的故事真的结束了吗？没有！回答是肯定的。以流云的性格，她还会不断有故事，会一直不停地制造她的故事，也会不停地失去她的故事，让人觉得故事永远不会结束，因为她叫流云，一片流动的、美好的云彩，一片永远漂浮的云彩。

学小小说没有巧，关键点评看得好

——读《撷英集》有感

　　《撷英集》是一部学习小小说写法的教科书。这是我看完这本书以后的直接感悟。

　　对于小小说来讲，我是初学者，但因为喜爱，所以已经关注好几年了，也一直订《小小说选刊》。

　　每期的杂志一到，我不是先看里面的小故事，而是卷首语、中间插页的作者感言，以及最后对小小说概括的精辟话语，最后才看每个小故事。但是看完故事，却似懂非懂，只觉得有些故事好看，有些故事却没有留下印象，而作家感言和卷首语才是我非看不可的内容，因为那里面藏着珍珠般的话语，有启发性，会给一些提示，但遗憾的是，我看到了，却总抓不住。对这种文体仍然一直停留在喜欢的状态，却不懂该怎么写才称得上是小小说。

　　这种情况一直到报名小小说学习班，有机会得到了这本《撷英集》，并认真地看完每一篇文章，认真做好笔记后才茅塞顿开。原来，小小说虽小却不是真的小啊。

它是一种典型的带思想性且以小见大的题材。书中作者的点评句句不离对小小说写法的剖析和对文章精辟的见地。看那些小小说作品，不就是平常发生在我们身边的吗，自己为什么没想到呢？且更不知写下来呢？

后来看了书中一篇文章和后面的短评："写作来自生活，生活中有无穷的宝藏。"终于理解这句话的深刻含意了。

《撷英集》中有一篇谈到毕淑敏的《紫色人形》时说了这么一段话："请特别关注大手笔写的小小说，别有一番天地。他们的构思出人意料，善于从生活细节中表现出市风及开掘出人性的深度等等，这些都需要我们初学者反复地琢磨与思考。"很明显给小小说初学者指出了如何写小小说的方向——观察生活。

写小小说要赋予其蕴藉美。要懂得酝酿小小说的蕴藉美。

《撷英集》中就有这么一篇专门探讨关于小小说蕴藉美的文章《试论微型小说的蕴藉美》。什么是蕴藉美？书中说得很详尽："蕴藉美旨在深沉含蓄、含而不露、引而不发，微型小说必须明确地把握艺术的尺度，掌握隐、显、露的特殊文体。而现在许多微型小说缺乏意味深长、回味无穷的艺术魅力，正是因为在追求蕴藉美方面功力不够，挖掘不深。"

短短几句，便勾勒出蕴藉美在小小说中的重要性。就好比一位女子，她可以长得不美，但举手投足间必须有一种叫作"韵"的东西，那一定会让人过目不忘。

书中在《小小说需下大力开掘意蕴》一文中，也重点道出："意蕴，是小小说的魂！"在这里，作者用了"魂"字。确实，写小小说和画一幅画的道理是一样的，一幅打动人心的画，必然有一种意境，一种神韵，能一下抓住人的心。

一篇小小说，也要具有意境，让人看了或深思，或惊异，或回味无尽，或美不胜收。

初学小小说时很茫然，不知一篇好的小小说到底好在什么地方，有哪些地方需要关注？而看到一篇内容平淡的小小说又到底哪里不好？自己写出的小小说是否是一篇合格的小小说？到底应该怎样写？

之所以产生这些疑问，就是因为对小小说不了解。既然这样，首先要做的，就是去看别人的作品，再看作品后面的点评，就能慢慢从中吸取营养，有所感悟，就会去改变，并注意自己的写作手法，做到曲不离口，拳不离手，多写多想，自然会成功。

《撷英集》恰好是一部集点评和理论为一体的著作，是作者集结几十年经验的结晶，在小小说的写作技巧上有较为详尽的描述，比如小小说的叙事结构、结尾的陡转、人物的刻画等。

书中的每一篇点评，语言均精准、独到，有相当强烈的引领作用，让人看了必有所获。

书中在"评点学员作品"这一栏里，对小小说高研班一部分学员的作业的点评，对新学者来说是值得细细琢磨的地方。

比如，对陈玉兰《作家》一文的点评是这样的："小说写的是常见的网络诈骗事件。创作能密切联系现实，这是第一个优点；第二，选择的主人公是个知识分子，骗子的身份又是对他有过大恩的多年的老朋友，这就增加了小说的可信度；第三，在情节的安排上张弛合理：先设计在车站，再进行回叙、插叙，再转入正叙，最后发生陡转……"像这样细致的点评在书中比比皆是。

还有对王立红的《小镇人物》、赵献花的《人啊，人》、吴德伙的《竞选村主任》的点评等，每一篇点评就是把每一个学员的作业做了一个总的概括：这篇小小说好在哪，不好在哪，让人在看作品的时候对照点评有所感悟，且一目了然。而这些作品也因一语见地的点评而显得精彩纷呈。

所以，我觉得学小小说没有捷径，关键要认真看点评。点评看好了，看多了，基本就掌握了小小说的技法和需要注意的细节。

我认为《撷英集》这部集点评为一体的书正好给小小说初学者提供了一个可供学习的瞭望台。

三字文，二字经，道尽人间万种情

——读《王奎山小小说全集》

2017年的春天，是一个令人欣喜的季节。三月四日，我收到了赵心田老师寄来的《王奎山小小说全集》，这对平常只能在网上看王奎山老师文章的我，着实欢喜！

当我如饥似渴地看完这套书，再仔细审视封面上王奎山老师的照片，尤其是他那细长的眼睛，心里便觉得好生奇妙，就是这双眼睛吗？竟能看到人间万象。我甚至突发奇想：如果我有那样一双透视人间冷暖的细长眼睛，该有多好！

综观王老的小小说，内容无不丰富，读罢让人回味无穷。单说短短的《别情》，便让人忍俊不禁，笑过之余，品味的却是那种深思和无奈。书中，像这样土得掉渣的故事实在太多了，就是这些土得掉渣的故事处处充满了浓郁的生活气息。

所谓醉翁之意不在酒，在山水之间也。王奎山的思想境地，写的是农村老百姓锅碗瓢盆的交响曲，唱出的却是中国老百姓热爱生活、守候真情的酸甜苦辣歌。他的思想扎在老百姓的泥土里，能长出绿芽，开出鲜花，结出果实，让人侧目，让人享受，让人融进其中而久久不能忘。这或许就是王老带给读者的魅力。

爱情，是永远也说不完的话题。真爱是一种割不下的情感，能得者，幸也。王奎山老师讲述的爱情，看完让人潸然泪下。

《冰雪雕像》里的男主人公面对无奈且无语的婚姻，内心孤寂苦闷，面对昔日恋人的雕像惆怅徘徊，雕像虽冷，却抵挡不了他心头尘封了几十年的爱火，最终选择义无反顾地扑进外面的暴风雪中，宁愿舍弃这个世界，把自己变成冰冷的雕像，也要陪伴在心爱之人的身边，多么真挚的爱情！多么令人惋惜的故事！这位男主人公对爱情的举动，象征人们对真爱的渴望和追求，哪怕粉身碎骨，也在所不惜。

《娥子》的主人公娥子是个保姆，善良、重情。当雇主维民为了家庭和女儿晶晶对红杏出墙的妻子委曲求全，但依然不能使妻子回头时，娥子默默地、尽心尽力地关心和照顾着维民和晶晶，赢得了父女俩的心，但最终娥子选择离开。然而，久而久之产生的亲情让她已无法从维民和晶晶身边离开了，当她从火车站急急返回家，看到了维民和晶晶因找不到她而陷入深深的绝望中。文章的结尾是三人紧紧地抱在一起。

生活不易，善良的人面对生活的不公仍然选择善良，终会赢得真诚的心。这篇《娥子》，诠释了浓浓的亲情，让人感受到人间的真情和温暖。

作为20世纪70年代后出生的人，看着王老的文章，全是乡下生活的再现，一种特定时期的农村生活画面活脱脱地展现在读者面前，特别有亲切感。如果说王老是小小说界的大画家，那是一点不为过的。笔者认为，王老尤其擅长画小小说的乡村风情画。

《队长》让人看得想开怀大笑，但是文章的结尾，却将人的情绪由柔情滋生的大爱转换为对生活中的无奈的深思，被吴翠兰的软弱和屈服、老屈的装腔作势的嘴脸和那个年代的无知都一览无遗地展示了！

读王老的小小说，有味。感觉就像在一个布满星空和充满蛙鸣的夏夜，众人一边有意无意地拍打飞往身上的蚊子，一边津津有味地围着村子里最会聊天的人，听他绘声绘色地说天说地，听的人时而凝神静气，时而忍俊不禁，时而心头澎湃，时而摇头叹息。讲的都是平常生活中发生的事，却能让人记忆深刻。

一般来说，写小小说应该尽量避免有对话的情节：一怕情节啰唆，读者厌烦；二来篇幅有限，得惜字如金。然而王老的小小说绝大多数都有对话，且整篇从头到尾以对话来描写人物性格和情节发展，让人读完顿感酣畅淋漓。所以，读王老的作品，能被其充满智慧、诙谐、朴实的文风浸染，还会留意对话多或少呢？

好题半边文。一篇文章，命题很重要，综观王老的小小说，标题很有特色。由此可知，王老文风要求整齐划一且严谨。从两个字、三个字、四个字命题……这是一位深谋远虑的作者。每一篇小小说，情节的发展、故事的曲折、文中的内涵、思想的高度等，无不看出作者经过了深思熟虑，且有着真诚朴实的文风。

能得到王老的全集，幸也！本着对小小说的挚爱之心，对王老作品的喜爱之情，斗胆对王老之文略发浅见，真汗颜也！

排除一切困难，行走在文学路上

（代后记）

　　"排除一切困难，行走在文学路上。"我非常清楚地记得，2015年我产生了这个强烈的念头，并说了这句话。

　　那时，和我这个念头一同徘徊在脑海的是2004年我的第一篇文稿《我家有只癞蛤蟆》，被《张家界日报》的编辑贲术中老师看到，并刊发在《张家界日报》的副刊上，贲术中老师对我说了四个字："坚持下去。"

　　还有2012年《张家界日报》的编辑吴旻老师。在放学时，吴旻老师匆匆来到我面前，赠给我一本她刚出版的诗集《红尘之外》，她匆匆地对我说了一句话："没时间，挤！挤时间写！别丢！"那一刻，我心里充满了感动。但，没法，我已把文字丢了，太多的尘事，使我丢掉了心爱的文字。

　　思想在尘事中纠结、痛苦、沉淀、安然。终于，在2015年12月18日，我毫不犹豫地报了郑州小小说高研班。我想，不管怎样，都不能让我再弃文字于不顾了。我没有理由把自己唯一的爱好轻易地丢掉，更没有理由让自己的人生没有价值和意义。就这样，我走进了郑州小小说高研班，走近了小小说。

我想，我有太多的故事要写，要写很多人的故事。所以，一进高研班，我就报了闪小说班，努力写我心目中的小说。

陈玉兰老师赞赏我的认真，给我寄来了四本厚厚的书，期望我早日学成；马河静老师鼓励我，在《三门峡日报》刊登了我的第一篇闪小说《等风来》；海天学长不厌其烦地在网上教我如何操作电脑，还有班上的很多学长对我的每一篇闪小说进行文后的提示和点评。我高兴极了。我觉得，我会写了，就是这么写的，还行！

可是，没过多久，就知道自己大错特错了。一位老师看了我写的闪小说后说："你的闪小说不闪，很多只是写了生活中的一个片段。还有，小小说还没写会，倒写起闪小说来了，这定位就错了。要知道，闪小说就像暗夜里的一道闪电，能震撼人的心灵，吸引人的眼球。你见过学走路的小孩不会走就跑吗？那不得老摔跟斗？闪小说这种文体，字数太少，要求有高度的智慧，或对生活挖掘得非常深，或者构思特别巧。恐怕这两个方面，对初学者都是有难度的。"犀利的批评和中肯的言辞让我猛然醒悟了。怪不得我有时总感觉不得要领，却又百思不得其解。对自己写的小说不知道好在什么地方，不好在什么地方。这些话，犹如我在小说征途中看到一道闪电，点亮了星空并指引了我的写作方向。这位老师，就是著名的微型小说评论家顾建新教授，一位德高望重的小小说研究者。

第二个学期，不容置疑地，我报读了小小说班。顾老师给我布置的第一个作业，就是先写一个新鲜、生动、活泼的故事，能完整地讲述一个故事后，再去谈文章的深刻、内涵等。于是我认真做了。几个月后，我喜滋滋地交上作业，准备听老师的夸奖，没想到顾老师看了后，轻描淡写地说："你的小说叙述简洁，语言没有问题。但故事平淡，高潮部分上不去，结尾也需要好好再琢磨。"

我一听，差点晕倒。为写那几篇小说，我头都想疼了，结果就这样被打回来了。于是我又花了两天时间写了一篇，心想应该能过关了。可顾老师看了后，就说："你不能把文字当成发泄情感的工具，要紧紧围绕主题来写，鸡毛蒜皮的细节当宝贝一样供着，一旦遭到删减便割肉般心疼。改！先从开头改起……"就这样，这篇写"文革"中一对夫妻的故事《初见》，让我整整改了十五次，还是不理想，到现在，我还把这篇稿压着不敢拿出来。所以，我觉得写稿不易，改稿更难。越写到后来，越觉得难，不敢轻易下笔了。这时候顾老师却说："嗯，有点进步了！"

就这样，在顾老师的严格要求下，我不停地写，在2016年，我共写了90多篇，有成型的，也有不成型的。有刊发的，也有未刊发的，但是，这些都不重要，重要的是，我克服了困难，坚持下来了！

想想从2004年开始写作以来，2016年算是我创作最用功的一年。我要求自己就这样一直在小小说的征途上坚持下去。

这第一本小小说集的出版，是我学写小小说后的一个总结，也是我圆文学梦的开始。我觉得自己是幸运的，在学小小说快两年的时间里，遇见了一些中国小小说界的前辈，他们给了我无私的帮助和鼓励，我从心底里感谢！

我会更加努力，把小小说写好。

宋梅花

2017年6月18日